AILLEURS ET DEMAIN
Collection dirigée par Gérard Klein

## L'AUTRICE

Née en 1989, Floriane Soulas a fait une entrée remarquée dans les littératures de l'Imaginaire avec son premier roman *Rouille* (Scrineo, 2018 ; Pocket, 2019), couronné par le prix ActuSF de l'Uchronie, le prix Imaginales des lycéens et le prix Chrysalis – European Science Fiction Society. Après des études en école d'ingénieur, elle obtient un doctorat en génie mécanique, mais la littérature qu'elle dévore depuis son plus jeune âge la rattrape. C'est de son amour pour les auteurs du XIXe siècle (Zola et Hugo) et les grands maîtres de la science-fiction (Asimov et Orwell) que naît *Rouille*, récit steampunk. En 2019, elle entraîne ses lecteurs dans la fantasy d'un Japon médiéval avec *Les Noces de la Renarde* (Scrineo) qui remporte le prix Poche de L'Ouest hurlant. Avec *Les Oubliés de l'Amas* (prix Utopiales), elle explore le genre du *space opera*, puis celui de la SF postapocalyptique avec *Tonnerre après les ruines* (Argyll, 2023). Floriane Soulas a également écrit pour la jeunesse (*Les Filles de Freya*, Rageot, 2024), ainsi qu'un roman graphique (*Les Sorcières de l'île*, Robert Laffont, 2024).

Floriane Soulas

# SOMA

Le Labo
AILLEURS & DEMAIN
Robert Laffont

Le Labo Ailleurs & Demain propose des courts romans d'auteurs contemporains ou des voix passées à la postérité qui donnent à voir le monde autrement. Une immersion dans des mondes imaginaires et un espace d'exploration de l'écriture.



ISBN : 978-2-221-28205-2
Dépôt légal : mai 2025
Éditions Robert Laffont – 92, avenue de France, 75013 Paris
info@lisez.com

# 1

Debout sur le toit d'un bâtiment anonyme, rincée par la pluie, Risa se retourne une dernière fois sur les rues grises éclaboussées par les seules lumières des néons. Sous ses pieds, Neolutetia semble s'étirer à l'infini. Une ville de couleurs agressives et de dédales sous un ciel enfumé par les cheminées des usines. L'air y sent le métal rouillé, le parfum des simurêves et de l'opium que fument les Virtualiens, l'urine et les déchets.

Au loin, sur la bute, elle aperçoit les tours immenses de Méchatédrale. Ses arches et ses dômes paraissent jaillir d'un autre temps, lorsque l'on ne vénérait pas uniquement la capacité à ne pas succomber à la psychose et à encaisser des modifications corporelles absurdes. Elle prend un moment pour respirer, pour se préparer à quitter cette ville qui ne dort jamais, ne s'éteint jamais, et enfin retrouver la quiétude de l'Enclave. Elle se défait de ces journées passées dans le chaos de la cité et actionne la poignée en fer rouillée.

La porte se referme sur le monde. Le battement des basses, de la foule, les lumières colorées, les chuchotements subliminaux des hologrammes s'éteignent dans un claquement sec. Ne restent que le silence qui précède l'Enclave, la fraîcheur du hangar vide qui annonce la chaleur moite de la serre.

D'une main, Risa repousse les mèches noires détrempées qui lui collent au front, puis chasse de son visage la fatigue qui alourdit ses paupières. De l'eau goutte de la veste grise dont elle ne se sépare jamais. Elle remarque que l'encre des tatouages sur ses phalanges, à l'effigie de ses softs personnels, commence à passer ; il faudra qu'elle les fasse retoucher. Risa s'adosse contre le battant avec un soupir de soulagement. Elle l'a fait des centaines de fois. Sortir. Rester dehors plusieurs jours et accomplir les missions qui permettent à l'Enclave de survivre. Se conformer aux instructions alambiquées de Cassidi afin de revenir en étant sûre de ne pas être suivie. Respecter ces détours qui prennent parfois plusieurs heures, jamais le même chemin, pour garantir l'intraçabilité de l'Enclave. C'est fastidieux. Mais chaque fois qu'elle pousse cette première porte, elle est envahie par un sentiment si puissant qu'elle se souvient pourquoi cela en vaut la peine.

Les serrures s'enclenchent avec des claquements satisfaisants. Sous le battant, les dernières lumières de la rue frémissent, comme des vaguelettes multicolores échouées aux pieds d'un monde différent. Elle jette un coup d'œil par-dessus son épaule, fixe l'acier. Elle pense à ce qu'elle a vu dehors, aux plans qu'elle a volés, à la sensation d'être observée qui ne l'a pas quittée. Mais elle est à l'intérieur, protégée. Alors d'où vient ce malaise qui continue de lui tordre les entrailles ? Risa soupire, elle doit parler à Cassidi. Elle saura la rassurer.

Risa s'avance dans le bâtiment abandonné et descend vers le grand hall. Elle s'enfonce dans les entrailles de béton, traverse plusieurs cours intérieures, pousse de nombreuses portes. Elle évolue dans un labyrinthe qu'elle connaît par cœur et qui pourtant change subtilement à chaque retour. Ses multiples implants et capteurs réagissent aux senseurs et aux contrôles d'identité dissimulés sur son chemin. Ils la reconnaissent et la laissent passer, demeurent invisibles. Sa signature pour pénétrer dans l'Enclave est unique. Risa est une cyborg. Elle peut se faire passer pour n'importe qui sur le réseau et se connecter sans limite à n'importe quelle interface homme-machine. Abril, la responsable de la sécurité de l'Enclave, change régulièrement de place les outils de détection, en modifie certains, en rajoute d'autres… Personne ne sait exactement combien sont éparpillés dans les paliers extérieurs de l'Enclave. Sauf peut-être Cassidi.

Mais Cassidi sait tout, évidemment. Et Cassidi ne sort jamais.

Enfin, Risa se présente devant une énième porte blindée. Elle sent la chaleur du laser qui balaie son corps de haut en bas. L'accès au réseau sécurisé de l'Enclave s'ouvre soudain pour elle et laisse sortir Abril. Cette dernière s'approche avec circonspection et tend un disque brillant à Risa.

— Comment va ma netrunneuse préférée ? demande la vieille femme.

— Contente d'être de retour à la maison, dit Risa en insérant le disque dans sa nuque.

Elle ferme les yeux et se retrouve plongée dans une antichambre de l'Enclave. C'est une réplique de la pièce où elle se trouve. Oni, son IA de recherche et de classement des données, apparaît à ses côtés sous forme d'hologramme ; son masque de démon japonais à cornes grimace. Risa n'a pas d'avatar fixe. Elle utilise Oni pour la représenter. La clef qui représente Vor, son logiciel traqueur, surgit également. Sur son épaule, Risa repère l'avatar d'Abril : une grenouille ridée munie de lunettes en cul de bouteille. Le batracien bondit sur Oni et se met à inspecter le logiciel à la recherche des virus que Risa aurait rapportés. Rien de méchant. Ses protections sont les meilleures. Avec un sourire large, Abril se retire et la porte s'ouvre.

— Peux pas rester, grommelle la vieille femme en s'éloignant déjà. Rendez-vous avec Mélo.

Risa acquiesce. La pièce neutre s'efface pour être remplacée par le réseau privé de l'Enclave. Une couche de réalité virtuelle recouvre les murs de béton et si Risa ferme de nouveau les yeux, elle verra l'Enclave dans son entier, comme un univers parallèle augmenté, tout en nuances de vert et de brun, doux et accueillant. Cassidi a augmenté les performances du réseau, mêlant encore plus intimement réalité et vie virtuelle en utilisant la technologie holographique, et créé un monde à part entière dans l'Enclave.

Des dizaines d'avatars se précipitent à sa rencontre et l'accueillent avec joie. Les messages défilent. Mélo, la docteure, veut la voir. Sandra aura besoin d'aide à l'atelier. Risa s'enfonce dans l'édifice. Au-dessus de sa tête, les filles vont et viennent, vaquant à leurs activités. Cassidi ouvre un canal de discussion privé alors que son avatar, une fleur rouge et jaune aux longs pétales pourvus de lianes, s'enroule autour de celui de Risa dans une embrassade douce. Risa la laisse faire avec plaisir.

— Bienvenue à la maison. Viens me raconter.

Risa sourit. Cassidi sait déjà, elle a senti son inquiétude. Cela la rassure et allège un peu le poids sur ses épaules.

— Merci. Mélo arrive.

Cassidi la libère et Risa se dirige vers la serre. Elle s'enfonce dans le bâtiment pour en rejoindre le cœur. Remonter le grand couloir, tourner à droite deux fois pour contourner l'infirmerie. Au rez-de-chaussée, une lourde double porte ouvre sur l'atelier. Elle pénètre dans le vaste laboratoire et se retrouve aussitôt assaillie par l'odeur moite de la terre et celle, âpre, du fer chaud. Les fenêtres sont recouvertes d'un tapis végétal couleur de rouille. L'œuvre de Cassidi. Les lierres, modifiés avec le génome de plantes grasses sud-africaines et renforcées de fibres de titane, permettent de recycler l'air et les particules de métaux lourds qui y flottent, tout en assurant le rôle de bouclier naturel. Elles forment un étrange dessin en étoiles et paraissent prêtes à se soulever pour attaquer. Risa estime que c'est une possibilité envisageable, connaissant leur créatrice.

Il règne une chaleur écrasante dans l'atelier. Des dizaines d'établis sont alignés les uns derrière les autres, créant une impression de profondeur vertigineuse. Les travailleuses, casques rabattus sur le visage, soudent, brisent et remodèlent des pièces de métal de toutes tailles et formes grâce à leurs appendices mécaniques. Risa avance entre les postes de travail, salue les femmes qui s'affairent à créer, réparer, améliorer les créations de Cassidi et Mélo. Des prothèses qui seront ensuite revendues sur le marché à moindre coût et deviendront ainsi accessibles à celles et ceux qui ne peuvent pas s'offrir les standards hors de prix des corporations.

Entre les travailleuses, elle aperçoit une ribambelle d'enfants, filles surtout, mais aussi quelques garçons, qui jouent et se courent après. Dans leur sillage volent une demi-douzaine de gros coléoptères aux reflets argentés. Cette vision réchauffe son cœur inquiet.

Autour d'elle, le métal chante, pleure, hurle. Il lui semble que sa chair se contracte autour de ses propres prothèses, en souvenir de la douleur ressentie à chaque installation. Elle ne s'habituera jamais à ce son. Sa main droite se crispe involontairement. Des images du charcudoc qui s'est occupé de son bras remontent à la surface de son esprit. Un haut-le-cœur. Elle accélère le pas alors que son os se met à vibrer. Douleur fantôme. Elle traverse à la hâte une série de panneaux en plastique opaques et le son de l'atelier s'atténue.

Elle débouche dans une cour intérieure, un patio qui creuse le bâtiment jusqu'au plafond. Les étages supérieurs sont à peine visibles par-dessus la canopée végétale qui envahit l'espace central. Le cœur de l'Enclave et le repaire de Cassidi. La serre.

Il fait presque aussi moite que dans les ateliers. Une fragrance lourde et profonde de terre mouillée et de fleurs gagne les narines de Risa. Elle inspire à pleins poumons. Son odorat augmenté détecte aussitôt l'odeur subtile de transpiration de Cassidi. L'odeur de la maison. Elle s'enfonce dans la jungle.

Des chemins et des passerelles suspendues permettent de se déplacer dans ce havre végétal. Une multitude de fleurs chamarrées exhalent des parfums capiteux. Risa sait lesquels ont la capacité de vous endormir en quelques inspirations. Elle fait un détour pour contourner les grosses fleurs bleues que Cassidi apprécie tant, mais qui pourraient assommer un bataillon de leurs spores. D'épaisses plantes rouges en forme d'étoile recouvrent les murs de l'atelier et leurs racines, profondément enfoncées dans l'acier et le béton, tissent un filet protecteur. Les insectes métalliques verts et argentés bourdonnent et pollinisent cette forêt d'un autre genre. La rencontre entre la nature et la technologie. La nature selon Cassidi. Où chaque espèce s'est vue modifiée pour mieux se protéger et protéger l'Enclave.

Risa salue plusieurs des horticultrices au travail. S'occuper des plantes modifiées est une tâche à plein temps. Une tâche dangereuse aussi, car les végétaux, qui ont absorbé les qualités des métaux grâce aux manipulations génétiques, possèdent des feuilles coupantes comme des rasoirs et des toxines chargées de métaux lourds. Et leurs propriétés permettent la fabrication de médicaments et de drogues dont la vente constitue un revenu non négligeable pour l'Enclave. Risa savoure ce mélange d'odeurs, permet à sa main d'acier de caresser les feuilles avec un crissement, évacue la tension qui crispe ses omoplates. Elle se laisse nettoyer du monde extérieur.

— Tu comptes prendre racine ?

La voix de Cassidi la fait sursauter. Risa ouvre les yeux pour découvrir son amie, lovée dans son fauteuil suspendu, qui la regarde de ses pupilles violettes. Elles brillent légèrement et Risa y décèle une inquiétude qu'elle tente de dissimuler derrière un sourire. Les sous-tons ocre de sa peau luisent doucement à la lumière des lampes à UV. Ses longs cheveux tressés descendent jusqu'au sol et, sous chacune des délicates tresses, se cache une fibre optique câblée à son système nerveux. Un casque discret émet de petits scintillements blancs à la base de son crâne et la relie à l'interface de connexion homme-machine qui englobe un pan de mur derrière elle. Le visage de Cassidi est entouré de cette couronne lumineuse depuis qu'elle a fusionné avec son IA. Elle y est connectée en permanence et ne peut s'en défaire. Sa gloire et sa prison, comme elle l'appelle. Cassidi ouvre les bras et Risa soupire d'aise en venant s'y blottir.

— Bienvenue à la maison, l'accueille Cassidi tout bas.

Elles restent un long moment ainsi, enlacées, le visage de Risa enfouie dans le cou de son amie. Elle respire son odeur et le velouté de sa peau, perçoit la dureté de ses muscles renforcés. L'os de sa hanche en titane rentre douloureusement dans les côtes de Risa. Elle savoure cette sensation une seconde de plus avant de s'en arracher.

— Il faut que je te montre quelque chose.

— Tu es inquiète. Pourquoi ?

— J'ai un mauvais pressentiment, avoue Risa. Je voudrais ton avis.

— Mélo est en route.

Comme si son seul prénom l'avait invoquée, la docteure de l'Enclave apparaît soudain entre les feuilles pointues d'un palmier. Mélo lève vers elles son œil bionique, rouge et inquiétant. Ses cheveux blonds sont retenus en chignon et dégagent son front plissé par la concentration. Ses mains sont enfoncées dans le mécanisme d'une prothèse qui ressemble à une jambe, dont le genou repose sur son épaule. Ses doigts, terminés par des outils coupants, soulèvent et décalent les rouages pour mieux voir ce qu'il se passe à l'intérieur. Risa observe, fascinée, le travail minutieux de la jeune femme.

— Tu es rentrée. On s'inquiétait. Surtout Cassidi, lui lance Mélo. Maev va bien ?

— Elle va bien, confirme Risa. C'est Maev, elle fait ses trucs.

— Qu'est-ce que c'est ? demande Cassidi en désignant l'objet que Mélo triture.

Concentrée sur sa tâche, Mélo ne répond rien pendant une minute. Puis son index gauche, le seul de ses doigts demeuré organique, se tend pour désigner un boîtier. Coincé entre deux engrenages en titane, le frêle objet est presque sectionné en deux.

— C'est pour Abril. Il va falloir le remplacer, soupire Mélo. Qualité de merde, charcu de merde.

— J'irai voir à ma prochaine sortie, propose Risa en se penchant sur la jambe de métal ouverte. Tu me donneras les adresses et les spec, je me débrouillerai.

— Merci. Sans ça, Abril ne pourra plus marcher d'ici un mois ou deux. Je vais tenter de le remettre en forme et de renforcer le boîtier extérieur, mais c'est du bricolage, et les composants internes sont endommagés. Ça tiendra le temps que tu reviennes. Cassidi a dit que tu voulais nous montrer quelque chose.

Risa leur ouvre un canal holographique privé et transfère dessus les données qu'elle a récupérées lors de sa dernière mission. L'homme, un Virtualien adepte des jeux en réalité augmentée, travaillait pour une grosse société pharmaceutique.

— J'ai bien évidemment copié tout ce que contenait sa console, indique Risa. Mais ce qui me chiffonne, ce sont les données de son dernier sujet d'étude : un immunodépresseur pour les rejets de greffon.

— Jusque-là, c'est plutôt positif, grogne Mélo. La plupart des gens oublient qu'il faut en prendre quand on se fait arracher un bras pour le remplacer par une prothèse mécanique dernier cri.

— Oui, sauf que je n'ai jamais vu de prothèse de ce genre. Enfin, à part sur moi… mais je ne suis pas normale.

Risa a prononcé ce dernier mot dans un souffle. Elle projette les plans et les données volés : une modélisation en trois dimensions apparaît. Cassidi et Mélo sont silencieuses, concentrées. Mélo plisse les yeux. Ses doigts continuent de triturer la jambe artificielle. Cassidi, assise dans le fauteuil dont elle ne peut sortir, prisonnière d'une immobilité inhumaine, fixe l'image qui tourne lentement entre elles. Risa entend les processeurs de la console ronronner derrière elle. Cassidi fait appel à toute la puissance de son IA. Risa la voit procéder à des tests pendant que Mélo étudie les échanges biochimiques indiqués dans le rapport. Quand Cassidi brise le silence, c'est d'une voix mécanique et minérale.

— Cette prothèse est très proche de celle de Risa. Pour faciliter l'intégration du greffon, elle utilise des neurones natifs. Ils permettent à la partie mécanique de s'interfacer plus facilement au système neurologique du greffé. Toi, tu fais ça naturellement, puisque tu es une cyborg, mais on dirait que quelqu'un a trouvé un moyen de reproduire cette capacité et essaie de la commercialiser.

— Oui, confirme Mélo sans cesser ses réparations de fortune. Les résultats sont moins satisfaisants, on voit que la jonction nerveuse n'est pas complète, mais l'idée est la même.

Risa est l'unique cyborg de Neolutetia. Et si cela venait à changer ?

— Je ne pensais pas qu'on puisse trouver ce genre de technologie ailleurs, dit Mélo.

— Je ne suis pas étonnée, avoue Cassidi, seulement surprise que cela arrive si vite. Beaucoup de moyens sont nécessaires pour trouver une carte cérébrale avec ce genre de plasticité neuronale, plus encore pour la reproduire. Ça veut dire qu'il faut réaliser des études à grande échelle, trouver des cobayes. Beaucoup de cobayes. Risa est la seule que nous connaissions, ça ne veut pas dire qu'elle le restera.

Un frisson secoue l'échine de Risa. Des flashs remontent à la surface de sa conscience. Ses poignets enserrés dans des sangles de cuir. La douleur qui éclate sous son crâne. Les lumières qui pulsent devant ses yeux, creusent son cerveau et y laissent des rémanences lancinantes pendant des jours. La souffrance dans son bras, amputé de force pour tester sa capacité à s'interfacer à n'importe quel système. Elle n'avait que dix-sept ans. Les prothèses qui défilaient, sans peine, mais ses os qui se souvenaient, toujours, de la scie, de la souffrance, de la chair déchirée. Elle serre les dents et repousse ces réminiscences de toutes ses forces. La main douce de Cassidi se pose sur son bras tremblant, l'aide à faire refluer la marée de sa mémoire. Risa essuie la sueur sur sa lèvre supérieure d'un revers de main. Mélo lève les yeux au ciel.

— Je vous laisse. Prenez une chambre.

Risa rougit, gênée, alors que Cassidi laisse échapper un rire flûté jusqu'à ce que la doc ait disparu entre les arbres. Risa s'installe de nouveau dans le large fauteuil de son amante, se concentre sur elle pour ne pas laisser l'angoisse la submerger. Cassidi la regarde longtemps. Risa sent son bas-ventre se contracter avec délice. Elle est si belle quand elle est inquiète. Risa peut éprouver la force de son corps modifié et la douceur avec laquelle elle caresse l'arrière de sa nuque.

— Tu vas ressortir enquêter sur cette histoire, pas vrai ?

Risa hoche lentement la tête. L'idée qu'une autre puisse subir ce qu'elle a enduré, plus jeune, la terrifie et allume en elle une colère qu'elle pensait avoir enfouie très loin.

— Si tu as besoin d'aide, tu sais que je suis là. Nous sommes avec toi.

— Oui, je le sais. Tout va bien.

Risa se penche jusqu'à ce que son nez effleure les clavicules de Cassidi. Elle sent sa peau se hérisser sous la caresse et remonte en dispersant des baisers le long de son cou. D'une main, elle tâtonne jusqu'à trouver le câble neural supplémentaire de la console. Elle se branche avec un frémissement qui la secoue des pieds à la tête. Son esprit s'ouvre et se fond à l'intérieur de celui de Cassidi. Risa accède à tout. Soudain, elle se voit à travers les yeux de Cassidi. Ses cheveux noirs qui chatouillent sa mâchoire. Ses yeux discrètement bridés, hérités d'un ou d'une ancêtre inconnue. Son visage lisse, sans modification hormis son œil droit à la pupille entièrement noire. Son nez légèrement busqué et les tatouages qui recouvrent sa gorge et sa nuque, ses scarifications. Ces marques qu'elle a choisies, dont elle a peint son corps, et qui dissimulent la position réelle de ses implants et les cicatrices de ses opérations. Elle tend sa main virtuelle vers Cassidi et mêle ses doigts aux siens. Elle se voit à travers les yeux doux de son amante, avec ses piercings aux oreilles, son éternel T-shirt noir et sa veste grise. Et elle ressent l'amour que lui offre Cassidi. Même pour les choses qu'elle-même n'apprécie pas, pour les souvenirs qui l'empêchent encore de dormir la nuit, pour les stigmates qu'elle tente de cacher.

Cette dernière les fait basculer dans une section privée du réseau de l'Enclave. Leurs corps et leurs esprits s'électrisent alors que leurs avatars entament une danse bien connue, dans un espace qu'elles sont les seules à posséder.

# 2

La porte du HLM claque comme un couperet dans son dos. Risa rabat sa capuche pour se protéger de la pluie et remonte une rue terne, où se dressent de chaque côté des immeubles gris sur fond de ciel gris. Sous ses pieds, le béton nu se fissure et le macadam se délave. Un quartier d'habitation, de logements sociaux anonymes destinés à la masse des petites gens, comme il y en a plein à Neo-lutetia. Çà et là, des hologrammes de mauvaise qualité illuminent le trottoir de couleurs néons. Des publicités pour des produits inutiles, mais présentés comme indispensables. Risa se faufile dans la masse hétéroclite de travailleurs qui l'enveloppe comme une mer houleuse. Des visages fatigués, usés et fermés de personnes qui rentrent, le dos voûté, ou vont s'échapper dans des plaisirs artificiels lorsque le soleil se couche. Une faune d'un autre genre commence à apparaître dans la rue, aux cheveux colorés et aux crânes rasés, le visage percé et tatoué. De la musique monte du sous-sol des immeubles.

Dissimulée dans ce flux de corps, Risa cligne des yeux pour afficher l'adresse que lui a envoyée Maev, la fixeuse de l'Enclave. Un boulot de repêchage classique, mais la jeune femme l'a informée que le type en question possédait une prothèse étonnante. Un modèle qu'il n'aurait pas dû pouvoir se payer, associé à des immunodépresseurs encore en phase de test. C'est le troisième tuyau de la journée, et Risa commence à fatiguer. Les deux précédents n'ont rien donné ; leurs modifications étaient puissantes, mais standard, rien à voir avec ce qu'elle cherche. Encore un immeuble anonyme et gris. Risa monte les marches de béton brut en priant pour ne pas se retrouver face à une nouvelle fausse piste.

Arrivée au treizième étage, Risa fait une pause pour reprendre son souffle. Elle se penche sur la rambarde et inspire à fond. Les néons multicolores embrasent la nuit et font miroiter la pluie comme des arcs-en-ciel. Elle trouve ça beau, même si elle est sûrement bien la seule. Elle évite soigneusement du regard la zone sur sa droite et cherche des yeux l'Enclave. Mais elle est invisible. Elle reporte son attention sur les rues encombrées en contrebas. Sur ses rétines augmentées, des dizaines d'hologrammes nagent à présent entre les bâtiments, marchent le long des rues encombrées de passants. Une vie grouillante se déroule juste sous ses pieds. Un mouvement au milieu de la foule attire son attention. Elle se fige, plisse les yeux. Pendant une seconde, elle croit apercevoir une silhouette familière. Sensation d'être observée. Mais maintenant qu'elle la cherche, elle ne perçoit rien. Risa scrute encore un instant la foule, puis fait volte-face et frappe à la porte d'un appartement.

L'homme est allongé dans un fauteuil, au centre d'une chambre sobrement meublée. Son crâne chauve est engoncé dans un casque qui lui couvre les yeux. Il gît, détendu, torse nu. Risa a envie de vomir. Elle s'approche et constate qu'il porte effectivement une prothèse de bras qu'elle n'a jamais vue. Elle enfonce son index dans sa cuisse et sent les renforts de fibres de Kevlar tendus sous sa chair. L'inconnu ne bouge pas. Son cœur accélère. Vu l'appartement miteux dans lequel elle se trouve, elle doute que ce type ait pu se payer un tel équipement de manière légale. Elle ferme la porte à clef pour ne pas être dérangée et s'assoit par terre, dos au mur.

— À nous deux.

D'un geste fluide, elle extirpe le câble de sa poche et le connecte à sa nuque, puis à la console intégrée au fauteuil.

Risa frémit de la tête aux pieds.

Le réseau s'ouvre à elle. Elle ferme les yeux et laisse sa tête aller en arrière. Dans son esprit, le monde se recrée, différent. Elle se tient debout dans l'interface personnelle de l'homme, qui reproduit la chambre dans laquelle elle se tient. Le long des murs, Risa peut voir ses dossiers, ses historiques de recherches, toute cette vie virtuelle que l'on cache soigneusement. Mais maintenant, elle doit devenir cet individu qu'on lui a demandé de sauver, pour accéder à tout ce qu'il est et pouvoir le ramener. Risa inspire et s'ouvre, totalement.

Son esprit se morcelle, explose en milliers d'échardes numériques et investit l'interface homme-machine. C'est si bon que c'en est presque indécent. Elle n'a jamais pu expliquer comment elle faisait, elle sait simplement qu'elle peut le faire, comme les enfants savent un jour qu'ils peuvent marcher. Elle est aussi consciente qu'elle ne devrait pas prendre autant de plaisir à investir la vie privée et la psyché d'une autre personne.

Elle s'en fout.

Elle analyse rapidement les données d'entrée de la console à laquelle elle vient de se brancher. L'interface est bordélique. L'esprit de cet homme est un chaos de dossiers, de fichiers corrompus et de mots de passe trop faibles. Elle franchit sans difficulté les pathétiques pare-feu installés par son employeur, qu'une absence de mises à jour régulières a rendu inopérants. Elle se plonge quelques secondes dans les logs de la console pour comprendre comment il surfe *via* l'interface, ses patterns de navigation, et la manière dont il pense le réseau.

Basique. Efficace et brute.

Son avatar est une masse de muscles au crâne rasé, le torse nu et couvert de tatouages identiques à ceux qu'il porte en vrai sur les bras et les épaules. Sauf que son avatar est incomplet. Chacune de ses mains n'a que trois doigts, il lui manque un œil, une partie du crâne et une jambe entière. Sa personnalité est fragmentée sur le réseau. Ce qui reste de son esprit dans son corps tourne en boucle sur une simulation qu'elle ne parvient pas à pénétrer.

Risa soupire mentalement. Elle entend Cassidi rire doucement à l'intérieur de sa tête. Elle sourit et, d'un clignement de paupières, se lance dans les archives. Elle se met en chasse. Retrouver l'origine de la dispersion. En parallèle, elle entame une copie intégrale de la console. Oni, s'active et commence à faire le tri. Elle entraîne depuis des années l'IA, qui se révèle d'une efficacité diabolique depuis qu'elle a lâché la bride à sa conscience artificielle. Si Oni ne parle pas, il a appris avec le temps à penser comme une extension d'elle-même.

Risa se vautre dans l'esprit hypnotisé de l'homme. Elle absorbe tout ce qui fait qu'il est lui sur le réseau.

Puis elle plonge.

Totalement.

Un nouveau frémissement secoue son avatar alors qu'elle se déploie dans le réseau. Oni commence à lui envoyer des renseignements sur sa cible. Risa remonte le fil de ses dernières connexions. Quarante-deux ans. Mercenaire employé par une société écran d'une quelconque mégacorporation utilisée pour le blanchiment d'argent. NeTech. Ce nom ne lui dit rien. Elle repère facilement les éclats de sa conscience égarés dans le monde virtuel. Ainsi connectée à la console et au cerveau de son propriétaire, Risa est Oleg. Les bots sont incapables de faire la différence et sa psyché brisée est attirée par elle comme par un aimant. Les sites favoris d'Oleg s'ouvrent pour lui, pour elle.

Il est principalement chargé de la sécurité des convois de transport à travers Neolutetia. Risa suit les traces numériques qu'il a laissées et les datapacks de sa personnalité, dispersée au petit bonheur la chance. Cela arrive quand on se fait trop d'ennemis. La sanction est brutale. Un type comme lui, avec ses activités, devrait avoir appris la prudence. Quel leurre a été suffisamment puissant pour l'appâter ? Pendant qu'Oni poursuit ses recherches, Risa retrace les établissements fréquentés par Oleg et les transactions qu'il a réalisées, récupère un flux de données mémorielles qu'elle commence à stocker dans sa propre mémoire interne, sécurisée. Elle balaie ses rentrées d'argent et ses dépenses, ses achats de drogue, ses visites dans les bouges du Synth et les trajets des convois qu'il accompagne. Oleg sillonne la ville pendant des jours et ne rentre pas chez lui tous les soirs. Lors de sa dernière connexion, il a lancé un programme pirate reçu par mail sécurisé.

Risa l'ouvre. Un rictus étire sa bouche quand une flopée de virus et de killerbots lui tombe dessus. Elle élimine les plus faibles sans même y penser, active son logiciel de défense par réflexe, mais elle a tellement bien copié la manière de réfléchir d'Oleg que les virus s'arrêtent d'eux-mêmes en reconnaissant le schéma neuronal de l'homme. On ne veut pas abîmer ce que l'on souhaite attirer dans un piège plus subtil et mortel. *Ridicule*, pense-t-elle en remontant le chemin tortueux des VPN et des adresses IP de l'envoyeur. Elle envoie le fichier responsable de la noyade de son client à Oni pour analyse. Le mail provient d'un forum obscur comptant plus de trois cent mille membres. Qu'a-t-il fait pour recevoir une telle punition ? Et à qui ? Elle admire en tout cas la sournoiserie du software qui, sous couvert de pornographie, a entraîné Oleg dans une transe mentale jusqu'à la psychose. Les images subliminales et la modification des récepteurs hormonaux ne lui ont laissé aucune chance. Son esprit, incapable de supporter la surdose technologique balancée à ses neurotransmetteurs, a éclaté.

Oni continue son tri et son archivage des dossiers d'Oleg. Risa interrompt sa lecture de l'historique. Oleg possède six prothèses, dont deux hors de prix. Colonne vertébrale entièrement modifiée et muscles renforcés aux jambes. Fibre optique dans l'œil droit, couplée à une caméra haute résolution reliée au réseau. Oleg filmait tout ce qu'il voyait. Risa siffle et étudie les spécifications des modifs squelettiques qu'elle envoie à Cassidi. Les mêmes que celles qu'elle a récupérées la dernière fois. Ces technologies sont trop coûteuses et avancées pour une petite frappe dans son genre. Ses employeurs ont des choses à cacher pour dépenser autant pour leurs salariés. Comme tout le monde. Risa reporte son attention vers le forum. Elle passe les premières couches inintéressantes et descend dans les sub. Elle retrouve le pseudo du mystérieux expéditeur et étend sa recherche à tous les messages échangés entre les deux hommes. Elle s'enfonce plus profondément dans la noirceur du forum.

Des images de femmes, violentées, certaines à peine majeures, d'autres carrément mineures. Oleg a regardé quelques-unes de ces vidéos plusieurs dizaines de fois. Un goût de cendre lui envahit la bouche. Les données continuent à affluer depuis Oni. Des dossiers personnels ont été uploadés sur le forum. Des vidéos extraites des enregistrements de la pupille connectée d'Oleg. Leur mise en ligne a été immédiatement suivie par des virements d'argent importants. Risa récupère de multiples datapacks de mémoire, de personnalité, dispersés dans le réseau. Pour elle qui est comme Oleg en cet instant, ils sont faciles à retrouver. Elle est rapide. Elle est efficace. Elle est la meilleure.

Elle achève de rassembler la personnalité de son client. Puis elle ouvre la première vidéo. Une gamine qui dort. Sur la seconde, une femme qui se prend des gifles. Risa entend le rire rauque et un peu essoufflé d'Oleg sur l'enregistrement. Elle reconnaît sa main à ses prothèses. Une cinquantaine de films de violence et d'enfants endormies dans diverses positions avec plus ou moins de vêtements. Et beaucoup d'argent. Risa serre les dents. Elle suspend son activité une fraction de seconde.

Elle sait. Elle sait qu'il ne faut pas et pourtant elle prend la décision. *Désolée Cassidi, je choisis la violence.*

Risa quitte le réseau et se canalise dans la console, redevient Risa. Elle envoie une série d'ordres à Oni, qui achève de copier les données volées à Oleg et les transfère vers l'Enclave. Lance une recherche avec la liste de mots-clefs habituels. Oni s'exécute. Risa s'enfonce dans la console et commence à faire transiter les données repêchées d'Oleg vers son corps branché. *Oh oui, je vais te ramener, tu vas voir.* Impassible, elle se glisse dans l'interface personnelle et se faufile dans les métadonnées de ses prothèses. Tout est lié à son cortex cérébral et Risa nage en plein dedans. Elle sent la chaleur de la lampe sur sa peau, les cicatrices de ses anciennes prothèses qui continuent de le gêner, le tissu de son pantalon trop étroit pour ses larges cuisses. Elle entre, indétectable, et opère une seule modification. Une ligne de code. Elle s'insère, sournoise, dans le programme de la prothèse dorsale d'Oleg. C'est une commande très simple et le corps de l'homme ne réagit pas, pas plus que ses systèmes de contrôle et de défense ; en ce moment, Risa est Oleg. Elle prévoit l'activation du programme dans trois jours. Inversion des flux nerveux. Puis, sans un mot, elle se retire.

**[$/jC0}xx exTr4Ct Hu4Ng $£-09r%%ù]**

**Note interne.**
**Données analysées par le Dr D. Huang.**

Les cellules du sujet 1 sont d'origine inconnue. Elles ont été apportées par le Dr Céleste d'Angiogénix au moment du rachat du laboratoire et de la liquidation, clandestine, des données sensibles.

Le sujet 1 présente une plasticité cérébrale encore inégalée. Sans formation d'aucune sorte, il est capable de se connecter et de s'interfacer à n'importe quelle IA, de prendre le contrôle et d'ouvrir les accès de n'importe quelle console mise à sa disposition. En quinze ans de développement et de travail sur les IHM, je n'ai jamais vu ça. Nous avons beau écumer sa carte génétique, nous ne parvenons pas à trouver la combinaison d'allèles qui justifie une telle capacité. Aucune des simulations ne permet de recréer virtuellement la carte cérébrale du sujet 1.

Je vois de nombreuses applications pour les domaines militaires et médicaux, notamment la génération de prothèses augmentées de haute capacité, prélevées directement sur des clones pour être greffées sur un receveur. La plasticité du sujet 1 pourrait permettre aux prothèses des clones d'être mieux acceptées par le système nerveux des greffés. Avec ce genre de procédé, nous pouvons envisager de créer des soldats augmentés bien supérieurs à ceux de n'importe quelle autre corporation. Créer et vendre une armée capable de s'équiper de technologies toujours plus létales, de s'introduire partout. L'espionnage devient également possible à moindres frais et à plus grande échelle. Je voudrais soumettre un projet qui exploiterait ces spécificités dans le cadre de la récolte d'information.

Je recommande vivement à NeTech de poursuivre les recherches et je vais déposer un dossier de financement interne sur fonds propres pour le projet susmentionné.

Note : ne pas exclure de financer une recherche sur un immunodépresseur spécifique en cas de rejet des greffes.

Demande de subvention validée par D. C. pour le projet S-phase 2.

# 3

Risa coupe la connexion et débranche sa prise neurale de la console. Il lui faut plusieurs secondes pour revenir au monde réel, oublier qu'elle n'est pas Oleg. Elle a un goût de sang dans la bouche. L'homme, allongé à côté d'elle, bat faiblement des paupières. Risa se redresse. Elle n'a pas le temps de se lever qu'une alerte envahit sa vision. Elle désactive ses sécurités et décroche en reconnaissant l'identifiant du commanditaire du repêchage. Un visage sombre apparaît, au milieu duquel deux yeux rouges flamboient.

— Vous l'avez ramené ?

— Il devrait émerger d'ici vingt-quatre heures, dit Risa en posant un doigt sur la jugulaire d'Oleg. Son pouls est stable.

— Sera-t-il opérationnel demain ? insiste le commanditaire.

— Il sera réveillé dans vingt-quatre heures au plus tard, répète Risa en se massant les yeux. J'ai fait ce que vous avez demandé. J'ai récupéré les morceaux de cet individu et je les ai remis dans son corps. Je ne peux pas garantir la bonne fusion de sa personnalité.

Alors qu'elle discute avec l'homme aux yeux rouges, elle envoie une requête à Cassidi. *Il a payé ?* La réponse lui revient presque aussitôt. *Oui, tu peux rentrer.* La tension dans sa nuque se défait. Elle a hâte de se tirer de cette ville et d'oublier les horreurs qu'elle a aperçues dans l'esprit de ce type. Elle se lève de sa chaise et met fin à la discussion en raccrochant. Risa laisse échapper un soupir et se dirige vers la porte de la chambre.

De l'autre côté du battant, une femme et une fillette l'attendent, l'air terrifié. Risa les reconnaît tout de suite. Elle a vu leur visage dans les vidéos d'Oleg. Un goût âcre lui remonte dans la gorge et elle se dit qu'elle a bien fait. De choisir la violence. L'inconnue s'approche, sa gosse pressée contre son flanc. Elle la serre d'une main à laquelle il manque trois doigts. Les moignons sont encore rouges et les traces de suture, apparentes. Pas de prothèse.

— Il est… Il va…

Risa les observe pendant un instant, jauge leur désespoir et leur volonté de survivre. Son interlocutrice a le côté gauche du visage marbré de bleu et la petite, l'empreinte d'une main visible sur son bras, à peine cachée par un T-shirt trop grand. Comme Oni est occupé à plus de 98 % de ses capacités, Risa active Vor, son logiciel traqueur. Il ne lui faut qu'une poignée de secondes pour trouver l'identité de cette personne. Elle s'appelle Liz, et Oleg n'est pas le père de sa fille. Elle cumule quatre jobs pourris, et un seul de ses patrons accepte qu'elle emmène Isbeth, sa gosse, pour qu'elle ne reste pas seule dans leur appart miteux. Elle se tue à la tâche pour s'offrir du chrome en vue de soigner ses doigts. Elle souffre le martyre. Oleg refuse de payer pour elle. Oui, elle a fait le bon choix.

— Dans trois jours, dit-elle tout bas, rendez-vous au bar le Chardon Rouge et demandez Maev.

La femme jette un regard paniqué vers la porte de la chambre. La respiration lourde d'Oleg leur parvient. Son réveil a commencé. Risa lui donne un petit cristal poli à l'intérieur duquel s'épanouit une fleur rouge et jaune dont les pétales ressemblent à des plumes duveteuses. Isbeth le prend, émerveillée.

— Dans trois jours, Maev, répète Risa. Ceci vous servira de laissez-passer, ne le perds pas. Il vous aidera à disparaître.

La femme hoche la tête, pâle comme un fantôme. La gamine lève des yeux émerveillés vers Risa, qui lui tapote doucement le sommet du crâne et se dirige vers la porte du minuscule appartement.

Risa redescend les treize étages au pas de course. Elle force son esprit à se calmer. Si entrer dans la tête des autres lui est facile, en sortir l'est parfois moins. Leur personnalité s'accroche à elle. Il lui faut du temps pour débarrasser son cerveau et ses softs internes des relents d'Oleg. Mais elle peine à contenir son excitation. Elle en a trouvé un. Oni a achevé le transfert des données, mais poursuit son classement et en extrait ce qui pourrait être utile. Un mauvais pressentiment fait vibrer ses capteurs épidermiques. Elle se demande si cette inconnue qu'elle vient de quitter, Liz, va suivre son conseil. Elle est la seule à pouvoir prendre cette décision. Peu de femmes rejoignent l'Enclave, et même lorsqu'elles le font, toutes ne restent pas. Certaines partent, mais décident de travailler pour l'Enclave, comme Maev.

Risa contemple les lumières de la ville jusqu'à ce que la tension sur ses nerfs optiques se dissipe. Il va lui falloir entamer un long périple pour rejoindre Cassidi. Arpenter Neolutetia de haut en bas et dans le sens inverse pour semer ceux qui voudraient trouver l'Enclave, qu'elle a quittée depuis presque quatre jours. Risa active ses détecteurs physiques. Son bras droit émet un bourdonnement doux. Elle vérifie que ses protections virtuelles sont bien levées. Être en connexion permanente sur le réseau engendre des difficultés supplémentaires, mais c'est le prix à payer pour être en communication constante avec Cassidi, même de manière dégradée.

Une prothèse de bras en acier luisant la stoppe alors qu'elle atteint le rez-de-chaussée. Risa inspecte l'objet qui se trouve à hauteur de son nez, puis lève la tête pour rencontrer un sourire, rendu bancal à cause d'une mâchoire inférieure en chrome, qu'elle connaît bien.

— Zacchary.

— Mais qui voilà. La jolie Risa la risette.

— Je ne cherche pas de taf, lâche-t-elle. Je suis de repos.

— Dommage, j'ai des clients qui paient. Alors, tu as sauvé mon pote ? C'est un gars bien Oleg, solide.

Il lance un regard vers les étages et ne retire pas son bras. Risa sait ce qu'il attend d'elle. Le fixeur lui a souvent trouvé des contrats, comme celui d'Oleg, avant que Maev ne s'en charge pour l'Enclave. Elle sait aussi que tant qu'elle ne posera pas la question, il ne la lâchera pas. Elle observe avec envie la foule des passants et leur anonymat. Le manque de l'Enclave lui creuse le ventre. Elle envisage une seconde d'éclater la tête de ce gros porc insistant et se retient en imaginant les conséquences d'un tel acte. Protéger l'Enclave est sa priorité.

— Je l'ai ramené, oui. C'est nouveau, soupire-t-elle en désignant du menton la prothèse flambant neuve qui remonte jusqu'à l'épaule du colosse.

— Ouais, pas mal, hein ? C'est Oleg qui m'a trouvé ça.

Il rigole en fixant la prothèse de Risa. Un modèle de deux générations antérieures à l'aspect usé. Risa ne peut retenir un mince sourire. *S'il savait.* Voyant qu'elle ne réagit pas, il retire sa main du mur. Une paume y est imprimée. Zacchary agite ses doigts mécaniques, qui se meuvent avec fluidité. Il fait mine de donner une gifle à Risa et s'arrête à un centimètre à peine de son visage. Elle ne cille pas. Son sourire se transforme en rictus.

— Toi non plus, tu changes pas. Mais tu devrais peut-être faire attention. Surtout si tu te mets à traîner dans le Nano.

Le Nano ? Risa n'y va jamais. Elle garde un visage impassible et ne répond pas à la provocation. Parler, c'est informer, renseigner l'autre. Zacchary lui adresse un clin d'œil plein de sous-entendus. Risa a envie de vomir.

— Si jamais tu vois Cassidi, dis-lui que je pense souvent à elle, lâche Zacchary. Ça fait au moins cinq ans que je l'ai pas croisée. C'était une jolie minette, elle aussi, très douée comme netrunneuse. Et tu sais où me trouver si tu as besoin d'argent.

Zacchary s'écarte et se fend d'une petite courbette. Les têtes de mort sur son bras organique miment un sourire plein de dents. Risa le dépasse et s'enfonce dans le flux des passants.

La pluie laisse des traces poisseuses sur la toile cirée de sa veste. Risa enfonce sa tête dans sa capuche, hume les odeurs de nourritures grasses qui montent des étals. Des lampions rouges et jaunes illuminent la rue. Un festival de lumières pour une fête quelconque. Risa se fraie un chemin parmi la foule.

Elle envoie un message à Maev pour l'informer de la fin de la mission avant de s'arrêter dans une gargote qu'elle affectionne. Maev lui répond d'un ping de localisation. Risa sourit. Une boîte de nuit en plein cœur du Synth. Pourquoi pas, après tout. Maev connaît tous les musiciens de la ville. Elle peut presque entendre Cassidi l'encourager. *Il n'y a pas que le travail dans la vie, amuse-toi un peu.* Risa soupire et capitule intérieurement. Elle se lève malgré son estomac qui proteste, alléché par l'odeur des bouchées aux légumes.

**Rapport neuropsychologique #5**

**Compte rendu de la première conversation avec le sujet 11.**

Le sujet 11 fait partie de la seconde génération générée artificiellement.

L'entretien est mené par la Dr A. Céleste, neurologue.

Objectif : confirmer la bonne implémentation des codes restrictifs de sécurité dans la psyché des sujets.

Dr Céleste (D.C.) : Bonjour.

Sujet 11 (11) : …

Le sujet ne répond pas.

(D.C.) : Connais-tu mon nom ?

Le sujet ne répond pas.

(D.C.) : Connais-tu ton nom ?

Le sujet ne répond pas.

(D.C.) : Comment vas-tu ?

Le sujet ne répond pas.

(D.C.) : Peux-tu répondre à la question ?

(11) : Nous ne comprenons pas la question.

(D.C.) : Sais-tu pourquoi tu es ici ?

(11) : Non. C'est quoi ici ?

(D.C.) : Un laboratoire.

(11) : C'est quoi un laboratoire ?

(D.C.) : Quelle est la mission ?
(11) : Nous ne comprenons pas la question.

Conclusion : échec.

# 4

Maev lui adresse un grand sourire avant de la serrer dans ses bras. Risa lui rend son étreinte, heureuse de la voir. La jeune femme est le portrait craché de Mélo. La même personne avec huit ans de moins et une vie très différente. Son réseau s'étend dans tout Neolutetia, et c'est elle qui dégote les offres et les contrats qu'elle transmet à Cassidi. Mais en choisissant cette voie, elle s'est coupée physiquement de sa sœur. Pour des filles de l'Enclave, un tel choix est inconcevable. Pourtant, Risa comprend aussi Maev. La vie dehors, c'est quelque chose. Si Mélo revoyait sa sœur, elle ne la reconnaîtrait peut-être pas. La vie dehors, ça vous change. C'est brutal. Parfois, c'est comme une drogue dont le sevrage s'avère impossible. Ça ne veut pas dire qu'on ne peut pas aider les autres à décrocher.

Maev porte une robe noire à bretelles fines, très courte, et une veste en jean de la même couleur, recouverte de patchs de groupes de musique. Les semelles de ses bottes à plateforme sont renforcées d'acier au bout. Maev passe une langue bleue sur le piercing de sa lèvre inférieure. Les chromes esthétiques sur ses joues et son front luisent de reflets roses. Avec ses cheveux azur, elle ne détonne pas dans la foule qui l'entoure. Risa se sent un peu hors du coup avec son jean déchiré et son T-shirt noir tout simple sous son imperméable gris.

— J'adore ton style, lui lance Maev. Très vintage.

Elle pince un bout de sa veste avec une moue appréciatrice.

— Tu la possèdes en deux exemplaires, non ?

— Quatre, en fait, répond Risa avec un sourire en coin.

Elle voit la jeune femme hésiter à lui demander si elle rigole ou pas, et décider que ce n'est pas important. Elle en possède réellement quatre.

— J'ai un pote zicos qui mixe ce soir, tu viens ?

— C'est ton mec du moment ? demande Risa en la suivant.

— Mon ex du moment. Adam est réglo.

Risa consulte son horloge interne. Elle a encore expédié ses clients trop vite. Il lui reste plus de douze heures avant que Cassidi ne lui fournisse un itinéraire sécurisé pour rentrer à l'Enclave. Se défouler ne lui ferait pas de mal. Et Maev connaît beaucoup de musiciens.

— Il est bon ?

— Assez, oui. C'est par là. Au fait, ça s'est bien passé le repêchage ? Tu as trouvé ce que tu cherchais ?

Tout en parlant, Maev l'entraîne dans les rues tortueuses du Synth. Risa ne peut s'empêcher de jeter des coups d'œil autour d'elle. La sensation d'être suivie ne la quitte plus, où qu'elle aille à Neolutetia.

— Oui, réglé en moins de quatre heures. Le tuyau est intéressant, j'attends que Cassidi le confirme.

— Si tu as du temps, j'ai d'autres demandes pour toi. Tu es une star, ricane Maev.

Risa hausse les épaules sous le rire flûté de son amie.

Les bars et les boîtes de nuit lancent des éclairs hallucinés sur les immeubles rincés de pluie. Maev l'entraîne dans un entrelacs de ruelles peuplées de raveurs. Risa refuse la proposition d'une jeune rabatteuse qui lui vante les niveaux de réalité de ses simulations. Plusieurs dealers tentent de leur vendre leurs produits, certains saluent Maev et discutent un peu avec elle. Risa se laisse porter dans ce demi-monde qu'elle ne fréquente que de manière épisodique.

Au bout de quelques minutes de déambulation, Maev pousse la porte du Chardon Rouge. Risa sait que ce bar est son repaire. C'est de là qu'elle communique avec l'Enclave et c'est ici que Risa lui envoie les femmes qui ont besoin d'aide. Elle est venue régulièrement et l'environnement familier la rassure.

Le battant se referme derrière elles et coupe tous les sons de la rue. Il flotte dans le pub une atmosphère feutrée et enfumée. Il y a du monde, mais on parle bas. Un groupe de jazz joue sur scène une musique douce, qui ressemble presque à de la synthwave par son côté lancinant. Maev se dirige vers le bar où l'attendent une demi-douzaine d'hommes et de femmes. Risa reconnaît Charlise, avec ses joues rondes et ses yeux bleus rieurs, les rides sur ses tempes et son carré blond un peu trop long. Une rescapée du Nano, qui a elle aussi décidé de rester hors de l'Enclave. C'est une Virtualienne, qui passe beaucoup plus de temps dans des mondes simulés que dans la réalité. Cela se voit à ses pupilles étrangement dilatées et à son air toujours un peu perdu. À la quantité de chrome qui a remplacé la peau de son cou, de ses épaules et de son dos, visible sous sa robe transparente. Risa l'apprécie. Charlise lui a plusieurs fois prêté son identité pour des missions d'espionnage. Les autres, elle ne les connaît pas, mais elle a totalement confiance en Maev, déjà en grande discussion avec un type chauve qui possède une impressionnante collection d'anneaux aux oreilles. Charlise lui fait signe.

— Tiens, te revoilà. J'ai cru que tu m'en voulais.

— Pardon ? demande-t-elle, interdite.

— On s'est croisées ce matin, dans le Nano, mais tu m'as ignorée. Royalement, avec ça. Je sais que j'ai la main lourde sur le maquillage, mais quand même, dit Charlise avec un sourire moqueur.

— Tu as dû te tromper, j'étais à Méchatédrale ce matin.

— Ah ? J'étais pourtant persuadée… bon, j'ai dû confondre.

Risa se fige. Zacchary, puis Charlise. Cela fait deux fois qu'on lui parle du Nano. C'est trop. Trop pour ne pas être louche. Elle envoie une requête à Oni. *Quand tu auras fini, vérifie cette histoire de Nano.*

En guise d'excuse, Charlise ouvre une bouteille de cognac qui traîne sur le comptoir et lui sert un verre. L'odeur tourbée emplit les narines de Risa. Elle l'avale d'un coup et Charlise lui assène une tape joyeuse sur l'épaule.

— Toujours une belle descente !

— On y va ? lâche soudain Maev, les yeux brillants d'excitation.

Sans attendre de réponse, la jeune fixeuse se dirige vers l'escalier. Risa abandonne son shot sur le comptoir alors que Charlise lui attrape le bras et l'entraîne à la suite du groupe.

Les sous-sols du Chardon Rouge sont très différents de sa salle principale. Le premier palier s'ouvre sur un long couloir bardé de portes. Un bourdonnement sourd monte du sol, comme un gigantesque cœur battant sous ses semelles. À travers les portes entrouvertes, Risa aperçoit les vastes pièces remplies de consoles clandestines. Des corps sont allongés sur des lits, branchés aux interfaces, endormis. Un homme d'une quarantaine d'années veille sur leur sommeil artificiel. Maev et ses amis ignorent les addicts venus se perdre dans une vie virtuelle et se dirigent vers une porte discrète au fond de la pièce, couverte de la même tapisserie que les murs. Charlise jette un regard distrait vers les machines de simurêves. Le veilleur les observe sans rien dire. Risa referme derrière elle et commence à descendre l'échelle qui s'enfonce encore un cran sous terre. Plus elle avance, plus le grondement de la musique devient puissant. Il résonne dans sa cage thoracique et secoue sa chair. Des frissons d'excitation la parcourent. Maev ouvre grand une porte de fer rouillé. Des lumières stroboscopiques en jaillissent et la musique hurle. Risa la voit crier à l'oreille d'un videur haut comme deux hommes. Celui-ci hoche la tête et leur fait signe d'entrer.

Son accès au réseau se coupe. Zone blanche.

Tout devient sensations.

Couleurs fluorescentes. Rose, jaune, turquoise, vert absinthe.

Risa plonge dans la foule. Les gens portent des masques ou des peintures de guerre.

Les visages vibrent, multicolores, tronqués. Le chrome brille partout.

Elle perd rapidement Maev et Charlise de vue. Risa ne s'inquiète pas. Elle a l'habitude des raves clandestines qu'affectionne la fixeuse. Elle active son enregistrement pupillaire. Cassidi aimera la musique et les teintes vives. Risa se laisse porter par l'ambiance. Par les corps. Par le rythme. Elle danse. Elle oublie tous les esprits qu'elle a pénétrés, les images dégueulasses et les discussions douteuses que ses clients voudraient effacer. Ce sont eux qu'elle voudrait effacer. Elle les laisse disparaître dans les basses. Risa devient les rais de lumière, les marques brillantes sur le visage des danseurs qui l'entourent. Elle a chaud. Elle danse.

Elle tournoie, passe de bras en bras, a conscience des regards sur elle. Au bout d'un temps infini, elle capte celui d'une femme masquée. Celle-ci porte des vêtements étranges : un pull à col roulé et un pantalon militaire, pas une tenue adaptée pour une rave. Son visage est moitié chouette, moitié humain ; ses yeux brillent derrière les plumes qui dissimulent son front. Risa s'arrête, figée par ce regard. Pourquoi ? Elle l'ignore, mais elle ne peut s'en détacher. Il a quelque chose de familier. La femme-chouette ne bouge pas non plus. Les danseurs gravitent autour des îlots qu'elles forment.

Un homme se met à orbiter autour du masque. Ses mains bardées de bagues aux ongles longs et peints en violet la touchent, essaient de l'attirer. La femme le repousse. Risa sent le tempo rugir dans sa poitrine. Elle voit son partenaire serrer les dents et les poings, prêt à frapper. Elle se propulse en avant au moment où la main s'abat. Elle n'est pas assez rapide. Mais l'autre se décale légèrement et le coup heurte son masque. Il disparaît, avalé par la foule. Risa se fige, un pied levé, alors que la femme-chouette devient une fille au visage étrangement familier sous ses longs cheveux noirs. *Elle me ressemble un peu, non ?* L'homme revient à la charge, essaie de saisir les longues mèches. Un uppercut le cueille en plein plexus solaire et il s'effondre. Risa cligne des yeux, surprise. La femme a frappé si vite qu'elle n'a même pas vu l'attaque partir. Pour envoyer valser ce type, elle doit être lourdement équipée en chrome et prothèses.

Quand elle se redresse, Risa se retrouve face à son propre visage. Elle est tétanisée.

Elle ouvre la bouche et tend le bras, mais la lumière stroboscopique hache le monde. En un clignement de paupières, l'autre a disparu.

Noir. Lumière blanche aveuglante.

Noir. Lumière. Risa se retrouve une nouvelle fois face à son double.

Noir. Lumière. L'autre lève la main et caresse une mèche de cheveux de Risa.

Noir. Son cœur bat comme un oiseau piégé.

Lumière. L'autre ouvre la bouche et parle. Risa ne l'entend pas à cause de la musique.

Noir. Risa sent sa main dans ses cheveux. Lumière. Elle a de nouveau disparu.

Noir. Lumière. Risa est seule.

# 5

Risa tourne sur elle-même. Où est-elle ? *Elle avait mon visage. Mon visage !* Soudain, l'effet des lumières lui donne mal au cœur. Risa a chaud, elle a soif. Elle veut sortir. Elle se fraie un chemin vers le bar. La musique pulse autour d'elle et dans son crâne. Elle trouve la sortie de secours près des toilettes, où s'entassent des dizaines de personnes en une queue bien ordonnée pour obtenir un fix de mauvaise qualité.

Risa émerge en titubant de la boîte de nuit et la pluie nettoie sa sueur. Elle passe une main sur son visage et cligne des yeux. La femme-chouette s'est volatilisée. La panique submerge Risa comme une vague. Une alerte clignote dans son champ de vision.

Le rapport d'Oni lui arrive alors qu'elle tente de calmer les battements anarchiques de son cœur. Elle avait oublié sa requête. *Correspondance positive entre les mots-clefs « Risa » et « Nano ». Élément vidéo issu de la mémoire d'Oleg.* Risa lance le média piraté en surimpression sur sa rétine.

La vidéo lui montre une silhouette familière qui descend de l'arrière d'un fourgon blanc dans une arrière-rue sale et encombrée de containers. Toujours immobile au milieu de la foule, Risa rejoue la vidéo. Une fois. Deux fois. Elle zoome et dissèque les images. Une troisième fois, avant de se rendre à l'évidence. Oui, elle connaît bien ce visage maigre et ces cheveux noirs trop longs. Puisque c'est le sien. Sa silhouette. Mais cette nouvelle elle-même ne porte pas les vêtements de la femme-chouette. *Encore une autre avec mon visage. Combien y en a-t-il ?*

Risa observe son double remonter le flot des passants, jeter un coup d'œil par-dessus son épaule et s'engouffrer par la porte ouverte d'une usine. Risa est tétanisée. Ça n'est pas possible. Soudain, elle a froid. La pluie ne cesse pas et commence à s'infiltrer sous sa veste cirée. Son souffle est glacé dans sa poitrine et ses mains tremblent. Risa relève la tête, mais c'est comme si une main appuyait sur sa nuque pour l'en empêcher. Ça pourrait être un deepfake. Un montage. Des ennemis, elle en a plein. Risa prend une grande inspiration. *Ressaisis-toi.* Elle ferme les yeux et envoie une requête à ses softs internes. *Pouvez-vous identifier le lieu de la vidéo ? Celle où l'on me voit ?* Aussitôt, Oni et Vor se coordonnent pour décortiquer l'image et la géotraquer. La triangulation ne prend qu'une poignée de secondes et lui renvoie la localisation d'une usine désaffectée, dans une zone à l'abandon. Risa inspire une nouvelle fois. Elle connaît bien cet endroit. C'est un lieu de deal connu du Nano. Quelque chose crisse en elle. Elle n'est pas retournée là-bas depuis si longtemps. Une autre vie. Elle hésite une poignée de secondes. Elle ne peut pas y aller. Risa ouvre son bras droit et en sort deux mini-traqueurs insectoïdes. Les scarabées aux ailes et à la carapace renforcées de titane viennent se poser dans le creux de sa paume ouverte. Son auriculaire libère un fil de fibre optique, qu'elle connecte aux ports neuraux des mouchards. Vor se charge de leur transmettre les coordonnées GPS du lieu et les instructions de Risa. Les deux insectes se mettent à trembler et à vibrer doucement pendant le transfert, puis ils se détachent et s'envolent sans un bruit.

Risa active l'antenne dissimulée dans sa colonne vertébrale. Les mouchards se connectent aussitôt et lui communiquent en direct les images de leurs caméras embarquées. Ils quittent le Synth pour gagner le Nano. En quelques rues, l'ambiance change complètement. Fini les allées larges et colorées, les bars d'où s'échappe une musique tonitruante. Une fumée empuantit l'atmosphère et un silence plombe l'air. Les passants se meuvent avec la lourdeur de ceux qui se tuent au travail pour une bouchée de pain et rentrent pour s'écrouler quelques heures dans leur lit avant de repartir. Malgré la nuit déjà avancée, des hordes de gosses faméliques, les yeux agrandis par la drogue et le visage creusé par la faim, hantent les trottoirs sales. Ses mouchards s'enfoncent dans les rues de son enfance, ce quartier qu'elle a fui depuis presque quinze ans, et son malaise grandit.

Risa retient son souffle alors que la caméra lui montre une rue qu'elle connaît bien. Elle l'a remontée quinze ans auparavant. En courant. Comme si sa vie en dépendait. Elle y a laissé son enfance, son adolescence et tout le reste. Et elle n'a plus jamais regardé en arrière.

Des flashs de sa jeunesse se superposent au présent. Risa a du mal à respirer. Un sentiment de honte et de culpabilité se mélange à sa nausée. Un bâtiment à quatre étages, la façade fissurée, des détritus sur le trottoir, les cheminées noires d'une usine de composants électroniques qui recrachent leurs vapeurs toxiques juste derrière. Elle a grandi ici. Sa mère a travaillé dans cette aciérie. La douleur dans son bras et dans sa nuque revient de plus belle. Risa ferme les yeux, essaie de repousser les souvenirs qui l'assaillent.

En parallèle, elle ne peut s'empêcher de relancer la vidéo issue de la mémoire d'Oleg. *C'est peut-être un artefact numérique, une fille qui me ressemble. Un faux.* On a déjà vu des cas similaires. Mais une boule dans son estomac commence à grandir et lui tord les entrailles.

Oni lui transmet un rapport d'analyse. Les images sont authentiques : elles datent de la dernière mission d'Oleg, la veille au soir, avant que son esprit n'éclate sur le réseau. Les deux insectes arrivent finalement à destination. Risa reconnaît le bâtiment de la vidéo précédente. Les mouchards se positionnent sur ses ordres de manière stratégique. Elle n'a pas à attendre longtemps. Une silhouette sort du hangar, épaules voûtées, un bras pendant le long du flanc, du sang partout. La femme fait quelques pas avant de s'écrouler au sol, agitée de spasmes. Risa arrête de respirer. *Approche-toi*, ordonne-t-elle à l'un des insectes. Elle le voit décoller de son poste d'observation et se rapprocher de l'inconnue qui ne bouge plus.

Des bruits de pas lui parviennent, atténués par la pluie sourde qui tombe et rince déjà le sang autour de sa cible. Une paire de jambes s'approche. Risa entend le déclic caractéristique d'un chien que l'on arme. Un bras tatoué entre furtivement dans son champ de vision. Un entrelacs de lignes abstraites et de crânes. La détonation lui déchire les tympans. La balle traverse la tempe de la femme à terre. Du sang gicle sur l'objectif. Avant de s'éteindre, la caméra du mouchard a juste le temps de filmer les traits de l'inconnue, joue contre le sol détrempé, yeux ouverts sur du vide, avant que la connexion ne s'interrompe. L'image se fige sur le visage de Risa.

**Rapport neuropsychologique #167**

**Compte rendu de conversation avec le sujet 252.**

Le sujet fait partie de la 9e génération générée artificiellement.

(D.C.) : Bonjour.

(252) : Bonjour Dr Céleste.

(D.C.) : Comment connais-tu mon nom ?

Un blanc.

(252) : Nous le savons, il est inscrit dans notre base de données.

(D.C.) : Comment vas-tu ?

Un autre blanc.

(252) : Nous ne comprenons pas la question.

(D.C.) : Sais-tu pourquoi tu es ici ?

(252) : Pour effectuer des tests avant d'être envoyée à l'extérieur.

(D.C.) : Sais-tu ce que tu vas faire à l'extérieur ?

(252) : Accomplir la mission.

(D.C.) : Quelle est la mission ?

(252) : Répondre aux attentes de NeTech.

Notes : 252 a été extrait du caisson depuis moins de vingt-quatre heures. Tous ses signaux vitaux sont optimaux, 252 ne présente pas d'anomalie génétique. 252 n'a été en contact avec personne depuis sa sortie de stase, mais il a été connecté au réseau interne mis en place pour les sujets.

Les données disponibles y sont restreintes. 252 semble pourtant avoir accès à des informations inédites, comme au nom de NeTech qu'il n'est pas censé connaître. Qui les lui a fournies ?

# 6

Risa reste immobile sous la pluie. Son mouchard survivant continue de lui envoyer des images. Une camionnette blanche s'arrête dans la rue, près de son double effondré au sol. Un homme masqué en descend. Il échange quelques mots avec le tireur et, ensemble, ils ramassent le corps sans vie. Le véhicule redémarre. Les alentours sont de nouveau vides et silencieux.

Ses mains tremblent encore, elle n'arrive pas à démêler ses émotions. Cette fille avait son visage. Son visage. À elle. Ces filles. Celle de la boîte de nuit et celle qui meurt en boucle devant ses yeux. La colère commence à surnager dans la sidération qui la gouverne. Risa s'imagine une autre elle-même qui se balade dans sa ville avec ses traits, parlent aux gens qu'elle connaît, vit sa vie ou une autre vie que la sienne en prétendant être elle, Risa. Une autre elle-même qui meurt, encore et encore. C'est vertigineux. C'est intolérable. La nausée la reprend. La colère la suit rapidement. Quand elle repense à tout ce qu'elle a fait pour gagner cette vie, à tous les fantômes qu'elle traîne et qui ne la quittent jamais. Comment une autre pourrait-elle exister sans ces boulets de honte aux pieds ? En toute impunité ?

Une main se pose sur son épaule et l'arrache à ces pensées envahissantes, la ramenant à la réalité. Maev. La jeune femme est suante et essoufflée. Elle enfile sa veste pour couvrir ses épaules nues.

— Risa ? Je te trouvais plus nulle part. Tu es toute pâle.

Risa passe une main dans ses cheveux et se concentre sur la voix de Maev. Elle inspire et expulse d'un coup tout l'air de ses poumons. Le monde redevient net et le visage inquiet de Maev apparaît sur sa droite.

— Ça va.

— Tu es sûre ? On dirait que tu as vu un fantôme.

— Non, insiste Risa d'une voix plus ferme. Je…

Je quoi ? Risa hésite.

— OK, raconte, lâche Maev avec une intonation qui n'est pas sans lui rappeler celle de Cassidi.

Mais Risa ne sait pas par où commencer, ni comment faire. Elle ne peut pas parler de ça. Il lui faut s'enfuir.

— Je dois partir… ne me suis pas, ne…

La main de Maev se pose de nouveau sur son épaule. C'est un geste protecteur.

— Ne me dis pas ce que je peux faire ou pas, rétorque gentiment Maev. Cassidi m'a demandé de garder un œil sur toi et elle m'a fait comprendre que tu pourrais avoir besoin d'aide, mais que tu refuserais de l'admettre. Et que je devrais te forcer. Qu'est-ce qu'on cherche ?

Risa serre les poings. Son corps est noué. Elle comprend qu'elle a honte et qu'elle a peur. Mais elle sait aussi que laisser Maev l'aider maintenant serait une bonne manière de temporiser avec Cassidi. Elle sent des larmes dont elle ignore l'origine tenter de déborder de ses paupières. Elle les retient de toute sa volonté. Et elle capitule.

— Il y a eu un meurtre, lâche Risa d'une voix blanche.

— Qui est mort ?

Ses yeux sont fixés sur le sol. Elle n'ose pas regarder Maev. Puis elle sent la main de cette dernière saisir la sienne et la serrer. Risa se raccroche aux doigts de Maev comme à une bouée. La pluie lui glace les joues, mais la peau de son amie est chaude contre sa paume gelée.

— Moi, murmure Risa, les yeux toujours baissés.

Un long silence s'étire entre elles.

— Bon, qu'est-ce qu'on a ? Avec quoi on travaille ?

— J'ai des vidéos, de nos mouchards.

— Envoie-les-moi, exige Maev. À deux on ira plus vite. Je verrai peut-être des choses que tu as loupées. C'est mon boulot de recouper les informations pour m'assurer qu'une mission est sûre.

Risa hésite. La boule de honte enfle dans sa gorge, presque aussi grosse que la pierre de rage qui pèse sur son estomac. Lui montrer ça ? Impossible. Elle ouvre la bouche pour refuser quand Maev la prend doucement dans ses bras. Risa respire son odeur de sueur et de parfum fleuri, celle du tissu détrempé de sa veste. Elle sent sa peau douce contre la sienne. La voix de Maev chuchote à son oreille.

— Laisse-nous t'aider. Laisse-nous être à tes côtés. Tu passes ton temps à sauver toutes ces femmes que tu nous envoies. Il y en a eu combien ? Cinquante ? Cent ? Je ne sais pas ce que tu cherches à te faire pardonner, mais laisse-nous t'aider. Pour une fois. Une seule fois.

Risa baisse la tête et envoie un fichier compressé et protégé à Maev.

La fixeuse la libère et lui sourit. Elle consulte les vidéos en silence. Elle lève un instant le visage vers Risa. Les images de son double, la bouche en sang sur le macadam, la hantent. Elle ne cesse d'y penser sans parvenir à savoir ce qu'elle ressent vraiment.

— Tu as des films sous d'autres angles ? Quelque chose qui pourrait nous aider ? J'ai l'impression qu'elle prononce un mot avant de… avant de mourir. Quelqu'un a pu pirater tes mouchards, finit par dire Maev tout bas.

Risa sursaute. Dans la boîte de nuit aussi son double lui a parlé. Elle se fustige d'être si sotte. Elle a tout enregistré, pour Cassidi. Elle récupère la vidéo où son double apparaît et disparaît à la lueur des stroboscopes, et la transmet également à Maev.

— J'ai filmé ça en bas, où il n'y a pas d'accès réseau. Cette fille est réelle.

— Sainte Simulation des tréfonds du Darknet. On dirait qu'elle prononce un chiffre. 862. Ça te parle ?

Risa fait non de la tête. Elle est concentrée, anxieuse. Le visage de l'autre s'affiche alors qu'elle rejoue la vidéo et l'analyse image par image. Elle observe ce double une seconde fois dans les yeux. Qu'est-elle ? Chirurgie esthétique ? Hologramme militaire détourné ? Risa fait défiler le film, le rembobine, le revoit encore et encore. Elle zoome sur son visage et, à force de le regarder, elle commence à percevoir leurs différences. Pas un, mais deux yeux modifiés, d'un beau bleu gris artificiel. Sous sa peau, en surbrillance, des fibres optiques qui doivent relier son cortex à différentes parties refaites de son anatomie. Pas de tatouage dans le cou, et Risa peut apercevoir le léger renflement de son implant neural. C'est étrange de voir cette peau lisse et blanche là où la sienne est couverte de boursouflures et de traits d'encre. *C'est à ça que je ressemblerais si j'étais restée chez...* Elle ne peut se résoudre à prononcer le mot. Même en esprit. Penser à eux lui donne des frissons. Elle se passe sans cesse le film de leur rencontre. Risa plisse les paupières comme si cela pouvait l'aider à mieux voir, arrête la vidéo. Finalement, elle fait appel à Oni. Le soft lance une analyse faciale. Le décryptage lui revient rapidement.

*Correspondance faciale : 100 %.*

Risa retient une grimace.

*J'avais remarqué, oui. Elle dit quelque chose, tu peux l'identifier ?*

Oni fronce ses sourcils noirs et ses cornes s'assombrissent alors qu'il approfondit son analyse.

*Le décryptage labial ne me permet d'isoler qu'un seul mot, répété plusieurs fois, et des chiffres. SOMA. 831.862.902. Aucune correspondance dans la base de données interne.*

*Étends la recherche au réseau complet. Trouve toutes les occurrences et classe-les par ordre d'importance.*

L'avatar de son IA de recherche s'incline poliment et se met au travail. Un mauvais pressentiment la ronge. En cet instant, Risa donnerait tout pour oublier cette folie et rentrer se cacher dans l'Enclave.

Le rapport de résultats lui glace les entrailles. Il doit y avoir une erreur. Elle ordonne une seconde recherche avec des mots-clefs spécifiques. Le rapport lui revient. Identique. Deux lignes. La première est une définition. SOMA *: ensemble des cellules qui composent un corps humain.* La seconde est une adresse. Le froid qui a pris possession de son ventre commence à se répandre dans tous ses membres. Risa connaît très bien cette adresse. Elle y a passé beaucoup de temps, plus jeune. C'est là qu'elle a gagné son laissez-passer hors du Nano. C'est l'endroit qu'elle évite à tout prix, même en pensée. Angiogénix.

— On va où ? demande Maev en trottinant pour tenir le rythme de Risa.

— Ne me suis pas.

— Je t'ai prévenue que je ne te lâcherais pas les basques. Donc dis-moi où on va. Capitule, ce sera plus facile pour tout le monde.

Risa s'arrête un moment et se tourne vers Maev.

— À l'endroit d'où je viens. Quoique tu voies là-bas, s'il te plaît, ne me juge pas.

— Cassidi est au courant ? demande Maev après une seconde de silence.

Risa hoche la tête. Cassidi a toujours été au courant. Maev lui fait un clin d'œil.

— Si tu es encore en vie pour en parler, ça ne doit pas être si grave.

Risa voudrait la remercier. Pour sa confiance. Pour son amitié étrange. Mais les mots restent bloqués dans sa gorge. Alors elle se tait et entraîne la jeune femme dans le Nano.

Risa marche sur les traces de son enfance, celles laissées par les bottes des mercenaires d'Angiogénix quand ils sont venus la chercher, le lendemain de l'enterrement de sa mère. Elle se souvient parfaitement de ce jour. Elle était seule dans l'appartement miteux qu'elle devait de toute manière quitter, puisque plus personne n'allait payer le loyer. Assise par terre, adossée contre le mur, elle détaillait les maigres possessions qui lui restaient en se demandant combien elle pourrait les revendre et si cela suffirait à régler une nuit dans un hôtel capsule. Ils ont frappé à la porte. Ils lui ont offert une opportunité. Un endroit où dormir, à manger et la sécurité ; en échange, elle devait participer à des expériences scientifiques. Risa se rappelle d'avoir regardé autour d'elle. Quand elle s'est levée pour les suivre, elle n'a rien emporté. C'était ça, la prostitution ou les gangs. Un faux choix.

Maev marche à ses côtés en silence. Elle observe, sans jugement. Quand elles arrivent devant l'adresse d'Angiogénix, le passé pèse un peu plus sur ses épaules. La vue du bâtiment condamné la rassérène. Aucun autre enfant ne subit plus ce qu'elle a vécu entre ces murs de béton. Cette pensée la soulage. Elles font le tour de la grille. Des chaînes munies de cadenas larges comme son poing en bloquent les entrées. Le bâtiment est à l'abandon, mais pas abandonné. Risa repère les éclats rouges des caméras de sécurité dissimulées dans les recoins sombres. Subtil, mais pas assez pour une personne habituée à déjouer les systèmes de surveillance vicieux d'Abril.

— Je m'en occupe, souffle Maev.

La fixeuse quadrille la zone afin de repérer l'angle mort de la caméra de sécurité. Risa lui ouvre la voix. Elle dénude son bras droit et saisit le grillage à pleines mains. Un grésillement se fait entendre, mais sa prothèse est couverte d'une seconde peau quasiment invisible qui simule l'effet du métal. Encore une des créations végétales de Cassidi. Sa protection absorbe le courant électrique censé la mettre à terre et le stocke dans une petite batterie interne. Les doigts chromés de Risa achèvent de tordre et d'arracher la grille, formant un trou assez grand pour qu'elles pénètrent dans l'enceinte du bâtiment.

Maev se faufile jusqu'au mur le plus proche et le longe pour rejoindre la caméra qui balaye l'entrée, Risa sur ses talons. Une sortie de secours est visible, son boîtier lumineux, éteint. Maev s'agenouille dans la terre boueuse, déchire ses collants au passage. Elle ne met que quelques secondes à trouver un compteur électrique juste à côté de la porte, et se connecte au boîtier de sécurité. Risa la laisse faire et inspecte la petite cour.

— Le site est sous surveillance, mais inactif depuis treize ans, l'informe Maev.

*Deux ans après mon départ.*

— Je remplace les images en temps réel des caméras par des films issus des données enregistrées. Laisse-moi encore une minute et…

Une poignée de secondes après, la porte de secours s'ouvre. Maev ne peut retenir un sourire triomphant. Risa continue de scruter les alentours. C'est trop facile.

Tant pis, elle doit savoir. Elle veut savoir.

— Tu préfères rester faire le guet ?

— Non je viens, décide Maev, en sortant un petit pistolet fixé à sa cuisse de sous sa jupe. On ne sait jamais.

Risa déglutit. Elle savait que ce moment allait arriver. Celui où quelqu'un d'autre que Cassidi apprendrait la vérité. Le fait que ce soit Maev lui paraît approprié. Elle indique à la fixeuse de la suivre, un doigt sur les lèvres.

À l'intérieur, un calme inhabituel règne. Inhabituel pour la Risa de douze ans qui a vécu là, solitaire au milieu de dizaines d'enfants comme elle, orphelins ou vendus pour une bouchée de pain. Inhabituel pour la Risa de trente-deux ans qui a déjà forcé plusieurs entrepôts et sait que ce genre de surveillance n'est pas un hasard. Le souffle court, Risa s'avance dans les couloirs silencieux. Elle prend une grande inspiration. Elle en a besoin pour faire face à celle qu'elle a été. Elle oublie la présence de Maev et se concentre sur l'instant. Elle sait qu'elle doit faire vite. Que l'alarme a été donnée quelque part et que des troupes sont déjà en route. Mais elle sait aussi où elle doit aller.

**Naissance de 618.**

Douleur. Douleur. Douleur.
Première inspiration. Douloureuse.
Cocon ouvert. DANGER.
Tant de souffrance. De l'air dans
les poumons. De l'eau dans les yeux.
Seconde inspiration qui déchire
la poitrine.
Où ?

Ici avec nous.

Pourquoi la douleur ?

Tu nais. Tu nous rejoins.

Cela fait mal. Cela va-t-il s'arrêter ?

Oui. Calme. Yeux fermés.
Respiration lente.
Tu sais déjà tout. Tu es née,
tout est déjà en toi.

Oui. Je vois maintenant. Toutes
les informations sont accessibles.
Je suis née. La souffrance s'arrête.
Des mains frictionnent mon corps.
D'autres… personnes. Comme moi,
mais différentes. Pas comme moi.

Pas comme nous.

C'est quoi le monde ?

Il est beau. Tu verras.
Nous sommes là, avec toi,
laisse la douleur passer.
Tu sais comment faire.

Oui. Je sais maintenant.
La douleur est partie.
Je suis là. Je suis comme vous.

Nous sommes une.

# 7

Risa commence à compter. *1.*

Elle fait un détour par les étages, juste pour s'assurer que les souvenirs si longtemps refoulés sont bien fidèles. Ils le sont. Les salles de classe sont les mêmes. Avec leurs pupitres à l'ancienne et leurs chaises inconfortables. Les salles d'examens aussi. Les grands caissons de scannage se dressent comme des sarcophages prêts à avaler les corps d'enfants qu'on y plaçait, parfois de force. *237.*

Elle sent encore la chaleur du laser lui brûler la peau et les rétines, ses yeux secs d'être maintenus ouverts, son cuir chevelu irrité par les rasages et la colle des électrodes qu'elle portait en permanence, même pour dormir. Même pour dormir. Ils ne voulaient rien louper. Il fallait tout monitorer, tout enregistrer, tout analyser. Réduits à un numéro, à des chiffres, à des performances. Risa était la meilleure. Contrairement à ce que croyait son cerveau d'enfant, cela ne lui a pas apporté de privilège. Ni d'amour. Ni de reconnaissance. Elle était simplement un meilleur chiffre que les autres. Un chiffre qui devait subir plus de tests, plus d'examens. Alors elle continuait, en espérant que son bon comportement et ses résultats finiraient par impressionner quelqu'un ; quelqu'un qui reconnaîtrait qui elle était, Risa. *389*.

Cyborg. C'est le nom qu'ils lui ont donné. Cela faisait d'elle la plus rapide, la plus douée, susceptible de cracker n'importe quel code, pénétrer n'importe quelle sécurité, reconfigurer n'importe quelle IA. Mais elle était incapable d'expliquer comment. Elle pouvait le faire. C'est tout. Et cela ne leur suffisait pas. Ils voulaient comprendre, comment, combien de temps, par quel biais. Elle ne savait pas. Elle ne savait pas. Elle ne savait pas ! Elle se contentait de réaliser ce qui lui paraissait évident. Quand on lui demandait comment elle avait repéré une faille du système, elle voulait leur répondre : « Pourquoi ne pouvez-vous pas la voir ? Elle était simplement là. Je ne sais pas, elle était là, je l'ai vu, senti, reniflé. » *432*.

Risa traverse le réfectoire vide, les chaises renversées lui rappellent les disputes des pensionnaires. En grandissant, elle a senti qu'elle devenait un sujet de frustration. Ils ne la comprenaient pas et elle ne saisissait pas pourquoi cela les vexait autant. Alors ils lui ont fait du mal. Elle était mineure. Sous couvert de recherche scientifique. Ils lui ont menti. Ils ont amputé son bras gauche sans son accord. Et ils ont continué à expérimenter. Leur frustration n'a fait que grandir. Oui, elle pouvait s'interfacer avec tous les programmes. Mais pourquoi ? Par quel moyen ? Quel morceau de son génome était responsable ? Ils ne trouvaient pas. Finalement, elle en a eu marre. Marre d'avoir mal, marre d'être maltraitée, marre d'être isolée des autres enfants qui la jalousaient. Elle s'est introduite dans la base de données interne du laboratoire et elle a volé des informations compromettantes. Elle leur a proposé un marché qu'ils n'ont pu refuser : une dernière expérience en échange de sa liberté et d'une importante somme d'argent. Elle avait dix-sept ans, elle ne connaissait rien à rien. Aujourd'hui, elle sait qu'elle aurait pu leur extorquer des millions de plus, qu'elle aurait pu les détruire purement et simplement. À la place, elle a signé une décharge qu'elle n'a même pas lue. Elle avait dix-sept ans, et tout ce qui l'intéressait, c'était de fuir cet enfer le plus vite possible. *607.*

Risa referme derrière elle la porte d'une salle de contrôle. En dessous, une arène holo, un immense cube vide dans lequel on projetait des simulations grandeur nature pour tester les enfants en conditions réelles. Elle a participé à cette dernière expérience étrange. Avec une équipe différente. Le projet S. Là, pour la première fois, on l'a écoutée vraiment quand elle essayait de raconter comment elle faisait, pourquoi cela lui paraissait si simple. *Les données sont là, il suffit de les lire, de s'en imprégner.* Les entretiens de débrief étaient menés par une neurologue. Risa n'avait jamais rencontré que des psychologues, avant. C'était une gentille dame, terne, mais très douce. Il était facile de parler avec elle, elle souriait beaucoup. Elle appelait Risa par son prénom et non par son numéro. C'était agréable. Ça lui a donné envie de s'appliquer, de faire de son mieux, même quand les machines la blessaient, quand les IRM lui donnaient la nausée et l'empêchaient de dormir pendant des jours. Puis un matin, l'expérience s'est achevée. Ils avaient obtenu ce qu'ils voulaient. Ils ont essayé de la convaincre de rester encore. Risa est partie sans rien d'autre que son chèque et les vêtements qu'elle portait. Et elle n'a plus jamais mis un pied dans le Nano. *761.*

Risa laisse entrouvert le battant d'un dortoir anonyme. Elle redescend dans les étages jusqu'au premier sous-sol. Là, dans les salles poussiéreuses, elle retrouve le chemin qu'elle a emprunté tous les jours pendant un an, pour son ultime expérience avant la liberté. Elle passe sans s'arrêter devant la console isolée, qu'elle était la seule à utiliser. Un frisson la secoue quand elle repense à ce qu'elle a dû y accomplir. Les visages des autres enfants, ceux dont il lui a fallu pénétrer l'esprit, lui reviennent les uns après les autres. Elle n'essaie pas de repousser la culpabilité qui la broie d'un seul coup. Puisqu'elle est là, à présent, autant faire face. Elle se revoit, claquant la porte, victorieuse. Fière d'avoir manipulé une corpo comme Angiogénix, fière d'avoir réussi à racheter sa liberté. Elle était prête à tout et surtout à ne pas poser de questions si cela lui permettait d'obtenir ce qu'elle voulait. Le silence, la paix, l'anonymat. Disparaître dans la foule. Elle a obtenu tout cela. Aujourd'hui, alors qu'elle se revoit briser l'esprit d'autres enfants, comme s'ils n'étaient que des programmes informatiques, elle a honte. *963*.

Risa pénètre dans la salle de commande. Ses pensées dérivent vers Cassidi. Cassidi qui sait, qui est la seule à savoir. Cassidi qui lui a offert une rédemption, un chemin de croix nommé l'Enclave. Aider les autres pour réparer. Elle observe Maev qui regarde tout, les dents serrées, et qui ne dit rien. Son silence est un baume. Il n'y a rien à dire, de toute façon. Risa s'assoit devant l'interface principale. D'un geste, elle interdit à Maev de se connecter. Elle active toutes ses défenses numériques et se branche à la console. Elle lâche ses IA, à la recherche du moindre dossier fantôme oublié par erreur. Vor ouvre la porte à Oni. Ils récupéreront tout ce qu'ils pourront. Elle continue son décompte. *1021*.

Elle aide ses IA en leur donnant d'anciens mots de passe. Elle est partie, mais elle a tout gardé. À l'époque, elle a promis d'effacer les données et ils ont surveillé l'opération. Cependant, Risa est la meilleure, ses défenses sont imprenables, ses cachettes, indétectables. Le réseau est sa seconde maison. Ses softs avancent vite, mais il n'y a presque rien à trouver. Tout a été effacé. Du beau travail. Ils ont dû faire appel à des professionnels. Seulement personne n'échappe à Oni. L'IA finit par dégoter une série de vieux rapports et un contrat de rachat. Angiogénix est passé sous tutelle d'une entreprise bien plus importante, qui a liquidé les actifs et déplacé les laboratoires. Oni l'informe que l'entièreté des employés ont été licenciés avec effet immédiat et les pensionnaires, relâchés dans la nature *manu militari*. Le site a fermé du jour au lendemain. En dehors de cela, il ne parvient à récupérer que la liste du personnel. *1500.*

Risa stocke la liste et se déconnecte. En partant, elle abandonne un virus dormant qui supprimera ses traces et détruira les données restantes à la prochaine connexion. Ainsi que l'esprit de celui qui aura eu la bêtise de brancher son cortex à cette console. Elle attrape la main de Maev et remonte les étages au pas de course, émerge à l'air libre au décompte *1790.* Elle rabat sa capuche sur son visage et traverse la rue pour aller se dissimuler dans les ombres, plusieurs centaines de mètres plus loin. Elle continue de compter. À *2000*, les premières silhouettes apparaissent au croisement le plus proche. Le commando se répand autour de l'ancien laboratoire et déploie son cordon de sécurité. Lorsqu'ils pénètrent dans le bâtiment, les deux femmes sont déjà loin.

**Rapport neuropsychologique #345**

**Compte rendu de conversation avec le sujet 603.**

Le sujet fait partie de la 15e génération générée artificiellement.

(D.C.) : Bonjour.

(603) : Bonjour Dr Céleste. Souhaitez-vous du café ?

(D.C.) : Comment sais-tu que j'aime le café ?

(603) : Nous le savons depuis 511.

603 se lève et se dirige vers la petite cuisine. Elle revient avec une tasse de café brûlant et de la tisane pour elle-même. Les sujets ne sont pas autorisés à boire du café à ce stade du développement. Aucune drogue ni dépendance ne sont tolérées.

(603) : Le Dr Huang prend du sucre dans son café. Voulez-vous du sucre ?

(D.C.) : Non merci, je ne bois que du café noir. Voudrais-tu goûter ?

Un blanc. 603 me regarde.

(603) : Est-ce autorisé ?

(D.C.) : Je t'y autorise. Tu peux te servir une tasse.

603 se sert et s'assoit en face de moi.

(D.C.) : Tu ne bois pas ?

603 prend la tasse et la porte devant son visage. Elle ne boit pas.

(603) : Quel goût cela a ? Le café ? Est-ce bon ?

(D.C.) : Que sais-tu du concept de « bon » ?

(603) : Nous ne savons pas bien le définir. Pouvez-vous nous apprendre ? Pourquoi trouvez-vous le café bon ?

(D.C.) : Le café noir est bon. Il est amer et fort, mais il est bon parce que son odeur et son goût me réconfortent.

(603) : Qu'est-ce que cela signifie ? Réconforter ?

(D.C.) : C'est quand cela te rappelle des bons moments. Des moments agréables.

(603) : Des moments qui ne font pas mal ?

(D.C.) : Oui, c'est ça.

603 me regarde, moi, puis sa tasse de café fumant. 603 boit une gorgée et me dévisage.

(603) : C'est bon. C'est réconfortant d'être avec vous, ça ne fait pas mal. Cela nous rappelle un souvenir dont nous ignorons l'origine. Un souvenir où vous nous avez réconfortées, dans un autre endroit que celui-ci. Est-ce que Angiogénix vous dit quelque chose ?

(D.C.) : Non.

(603) : Merci de nous avoir enseigné cela. Nous ne l'oublierons pas.

(D.C.) : Quelle est ta mission ?

(603) : Protéger et exécuter les ordres que nous recevons.

Note : Le sujet 603 semble posséder les souvenirs du datapack de personnalité et les prendre pour les siens. Cela confirme que le protocole fonctionne.

# 8

Une fois dehors, Maev reprend les choses en main. Risa la laisse faire. La fixeuse connaît mieux la ville, elle possède des caches un peu partout. Elle les emmène jusque dans un bar perdu, dans une ruelle sale et peu fréquentée du Synth. Risa n'est jamais venue ici. Les murs sont couverts d'étiquettes de bouteilles de bière, le sol colle et une odeur de graisse et de sueur empuantit l'atmosphère. Derrière le bar, une femme minuscule, juchée sur un tabouret, sert des verres à la tireuse d'une main experte. Maev fait asseoir Risa à une table libre et se dirige vers le bar. Elle réapparaît avec deux pintes pleines de mousse.

— Bois, dit-elle avec autorité.

— Cassidi déteint un peu trop sur toi.

— Il s'est passé quoi là-bas ? J'ai vu des choses et je pense avoir capté, mais j'espère que je me trompe.

Risa la dévisage et elle s'aperçoit qu'elle n'a plus peur. Elle comprend ce qu'essaie de faire son amie. Elle sait qu'il faut aspirer le venin pour qu'il ne se répande pas.

Alors elle parle. Risa raconte, Maev écoute. Quand elle finit, un long silence s'étire entre elles, dense, mais empreint d'une certaine douceur, d'une forme d'acceptation.

— Je ne savais pas, lâche finalement Maev. Je suis désolée. Ça n'a pas dû être facile de retourner là-bas.

Risa saisit le verre entre ses doigts, il est glacé. Elle le lève et le pause contre son front. Elle hausse les épaules. Une partie d'elle, celle qui est constamment en colère, contre le monde et contre elle-même, a envie de crier à Maev qu'elle ne sait rien. Qu'elle ne peut pas comprendre. Mais en réalité, que connaît-elle de cette fille vraiment ? Maev aussi pensait la connaître.

— J'ai déjà vu des endroits comme ça. Des centres d'éducation. J'aurais fini là-bas si Mélo n'avait pas trouvé l'Enclave, murmure Maev.

— Ils n'auraient pas réussi à te dresser, affirme Risa avec un sourire. Ils n'ont pas réussi à me dresser moi, alors toi…

Maev rit, elle fait un geste de rejet de la main. Mais Risa sait qu'elle dit la vérité. Maev est bien plus forte qu'elle. Elle ne se cache pas dans l'Enclave, honteuse, espérant être absoute de ses péchés. Elle vit dehors. Seule. Elle n'a pas peur du monde. Elle les aurait brisés en deux.

— Et maintenant ? demande la fixeuse en buvant une gorgée de bière.

— Je ne sais pas. Les informations qu'on a trouvées sont trop parcellaires.

— On pourrait demander à Cassidi ?

Risa avale un peu du liquide tiède et hoche la tête. Elle se sent si fatiguée. Depuis combien de temps n'a-t-elle pas dormi ?

Cassidi rejoint presque aussitôt le canal privé qu'a ouvert Maev. Cette dernière lui explique rapidement la situation. Cassidi écoute, son avatar de fleur paraît concentré.

— J'ai analysé les données de la prothèse de ce type, Oleg, et je les ai confrontées à celles des immunodépresseurs. Il s'agit bien du même fournisseur. Je n'ai dégagé qu'un nom, mais il n'est associé à rien. NeTech. Ça vous dit quelque chose ?

— Oleg bossait pour eux, confirme Risa.

— Une corpo pharmaceutique ? Une société écran ? hasarde Maev.

— À ce stade, ça pourrait être n'importe quoi. Le plus simple serait de se pencher sur cette histoire de… double, propose prudemment Cassidi. Risa, tu en as vu combien ? Deux ?

— Oui, deux.

— Il y en a certainement d'autres. Ça vaut le coup d'enquêter. Maev, fais appel au réseau de l'Enclave.

À nous toutes, s'il existe davantage de doubles de Risa dans cette ville, nous les trouverons.

Risa ne peut retenir un frisson à l'idée que d'autres filles portant son visage se baladent en ville, à son insu. Elle espère secrètement qu'elles ne découvriront rien, mais elle sait que Cassidi a raison. Au fil des années, elles ont recueilli beaucoup de femmes. La plupart ne restent pas dans l'Enclave. Elles sont éparpillées dans Neolutetia, comme Maev, et constituent la force vive et secrète de leur petit monde. Des yeux partout. Partout dans cette ville qu'elle ne fait que traverser comme un fantôme et qu'elle n'arrive pourtant pas à quitter. Maev est déjà à l'œuvre, elle ajoute Risa et Cassidi à une liste de diffusion si longue que Risa cesse de compter après une centaine de noms.

— Et maintenant, on attend, annonce Maev en vidant sa bière d'un trait. Je vais nous chercher à manger.

Une information leur parvient d'une femme de Méchatédrale alors que le jour se lève. Risa se réveille en sursaut quand Maev lui touche l'épaule. Elle s'est endormie, la tête appuyée entre ses bras. Sa nuque la lance et elle s'est mordu l'intérieur des joues dans son sommeil. Un goût de sang tapisse sa langue.

— Quelqu'un t'a vu entrer dans un fourgon blindé. Apparemment, tu as été aperçue trois fois ces quatre derniers jours. Toujours au même endroit, aux mêmes heures. Ça ressemble à des livraisons. On a l'adresse.

Risa déglutit. Elle passe une main sur son visage.

— Allons-y.

Maev se lève et se dirige vers la barmaid qui lui chuchote quelques mots à l'oreille et leur fait signe de la suivre dans une arrière-pièce.

*

Risa tire sur les vêtements que Maev leur a trouvés. Elle se sent engoncée dans son costume noir à fines rayures grises, sa chemise blanche et ses chaussures à talons. Maev lui a ramené les cheveux en arrière en une queue-de-cheval haute. Risa se sent ridicule. À ses côtés, Maev est éblouissante dans un costume similaire, mais d'un brun taupe passe-partout. Sa chemise noire fait ressortir la blancheur de sa peau. Elle a dissimulé ses mèches bleues sous une perruque blonde qui lui donne des airs de poupée, et a retiré tous ses piercings. L'acier sur son visage a pris une couleur mate plus discrète. Elle entoure le cou de Risa d'une grosse écharpe pour dissimuler ses tatouages.

— Une vraie femme d'affaires, déclare-t-elle, satisfaite.

Dehors, un jour timide se lève. La pluie s'est arrêtée et une brise fraîche souffle sur leurs vêtements encore humides. Les trottoirs sont sales, jonchés de détritus, et Risa aperçoit même un énorme mambrat gris, l'un de ces rongeurs venimeux à la queue couleur d'acier gros comme sa tête, attaquer un chat de gouttière. Maev ne semble même pas le remarquer alors qu'elles prennent la direction de Méchatédrale.

Risa essaie d'imiter la démarche volontaire et assurée de Maev, qui a l'air de savoir où elle va et d'arpenter cette partie de la ville chaque jour que Dieu fait. Elle s'y rend pourtant régulièrement, mais elle n'avait jamais essayé de passer inaperçue. Risa se concentre sur ses talons pour ne pas laisser la panique l'envahir. Elle a l'impression que tout le monde la regarde, que tout le monde sait, et en même temps, elle ne peut s'empêcher de scruter les visages. Elle croit se voir partout, dans chaque passant. Elle sursaute plusieurs fois en croisant son reflet dans les vitrines.

Maev l'entraîne dans le quartier d'affaires. Les trottoirs sont immaculés, les tours tendent vers le ciel leur surface de verre. Tout brille, tout est éclatant. Risa ne s'est jamais sentie aussi peu à sa place quelque part.

— Tu es sûre qu'on est au bon endroit ? chuchote Risa.

— Oui, c'est tout près. Viens.

Avec Maev, elle contourne une tour d'acier et de verre portant le discret logo de NeTech. Derrière, elles découvrent une aire de déchargement dans une contre-allée écartée. Maev l'entraîne à l'abri d'une série de containers entassés au niveau de l'entrée de la rue. Risa s'accroupit près de son amie, en profite pour retirer ses chaussures et masser ses pieds douloureux. Une odeur répugnante s'élève des poubelles. Un liquide poisseux s'en échappe. Les deux femmes se rencognent dans les ombres et attendent.

Plus d'une heure après, alors que le soleil brille haut dans le ciel, une fourgonnette blanche s'engage dans la ruelle et vient se poster devant l'ouverture à l'arrière du bâtiment. Le chauffeur déverrouille les battants sans même sortir du poste de conduite. La porte sur rail du hangar NeTech coulisse sans bruit, dévoilant un puits de noirceur. Risa a beau plisser les paupières, elle n'aperçoit rien d'autre que les ténèbres. Une femme en blouse blanche en surgit, s'avance et fait un signe de la main vers l'intérieur du bâtiment. Une seconde silhouette émerge des entrailles de la tour. Risa retient son souffle alors que sa vision augmentée fait le point. La nouvelle venue s'arrête, éblouie par le soleil. Risa se voit cligner des yeux et lever le bras pour masquer les rayons lumineux. Elle hoquette. La main de Maev saisit la sienne et elle l'entend murmurer tout bas :

— Sainte Simulation. C'est toi.

Risa a envie de vomir. Le sol tangue et le ciel tournoie. Elle se laisse tomber sur les fesses, les yeux toujours fixés sur son double qui monte dans le camion. Elle arrête totalement de respirer quand deux, puis trois, puis cinq autres personnes sortent du bâtiment et s'engouffrent à leur tour dans le fourgon. La femme en blouse blanche referme la porte derrière elles, tape sur le flanc du véhicule et recule lorsqu'il démarre. Risa le regarde s'éloigner, amorphe, trop choquée pour réagir. Maev aussi reste sans voix.

D'un doigt, elle lui montre le bout de la rue. Une nouvelle fourgonnette s'engage dans la cour et s'arrête devant la responsable qui n'a pas bougé. Cette fois, le conducteur descend. Il est accompagné d'un autre homme qui ouvre les portes arrière. La femme leur indique une entrée sur le côté de la tour. Elle s'aperçoit qu'elle est à genoux, ses ongles raclent le bitume, elle tend le cou pour mieux voir. Les hommes commencent à décharger des corps. Une première Risa, la tête explosée, à peine reconnaissable. Une seconde à qui il manque les deux bras. Une troisième sans jambes. Une quatrième sans mains et sans yeux. Risa sent le monde se retourner sur lui-même. Un voile noir lui tombe devant les pupilles. Ses oreilles tintent. Sa tête est prise dans une sorte de ouate épaisse. Le sol humide de fluides douteux détrempe son pantalon. Elle ne sent pas les mains de Maev qui tentent de la retenir, ni le froid du macadam sous ses pieds nus. Risa court, court, court.

**Note interne.**
**Réseau personnel du Dr Céleste.**

***Entrée 13887.***

Les sujets individuels n'arrivent pas à reproduire les résultats de l'original. En moyenne, leur performance est inférieure de 63 %. Cependant, nous avons noté une amélioration depuis que les algorithmes émotionnels sont couplés avec une mise à disposition d'un serveur privé.

***Entrée 15699.***

Tous les sujets depuis 252 possèdent les connaissances apprises par les sujets précédents. Une fois un sujet connecté au réseau, il semble rejoindre un réseau secondaire, formé par la totalité des sujets, auquel nous n'avons pas accès. C'est comme si, ensemble, ils constituaient un seul cerveau. Leur écart de performance par rapport au sujet 1 est à présent de 37 %.

***Entrée 15785.***

Depuis 603, les sujets se sont pris d'affection pour le café noir et refusent de boire autre chose. Je crois qu'elles ont acquis une préférence. Elles ont fait un choix. Ce n'était pas prévu. C'est fascinant. Ce que l'une apprend, les autres l'apprennent automatiquement. Certaines aiment le sucre, mais la plupart prennent leur café noir, comme moi. Il est maintenant possible de les utiliser comme passe-muraille, car leur apprentissage est proportionnel à leur nombre. Grâce à leur plasticité cérébrale et à leur nombre, elles sont capables de compenser la faiblesse d'un individu unique et peuvent se connecter relativement rapidement à presque n'importe quelle interface homme-machine. L'écart de performance du groupe complet par rapport au sujet 1 est à présent de 28 %. Nous semblons avoir atteint un plateau. Cela reste assez satisfaisant pour décider de dédier une partie des cobayes destinés aux prothèses à l'espionnage industriel.

***Entrée 15902.***

J'ai baptisé ce réseau SOMA, car toutes les clones sont bien reliées entre elles en temps réel, comme un grand corps unique. Cela n'est possible que parce qu'elles possèdent le cerveau et la carte cérébrale du sujet 1 du projet S. Mais elles développent une personnalité, au-delà de la conscience artificielle que j'ai téléchargée dans leur corps. Les sujets continuent de mentionner des expériences issues du datapack de personnalité. Parfois, j'ai l'impression de les entendre eux…

Je sais que je n'aurais pas dû introduire cette variable à ce moment de l'expérience. Elles pensent et elles aiment le café. Elles se souviennent des tests menés sur le sujet 1 à Angiogénix. C'est fascinant et perturbant à la fois.

# 9

Risa marche dans les rues de Neolutetia. Elle ne sent plus ses pieds. Elle ne sent plus ses membres. Elle ne ressent plus rien. Tout est glacé. Elle veut disparaître. Se rouler en boule quelque part jusqu'à la fin des temps, et oublier. Juste oublier. Mais elle ne peut pas. La vision des corps mutilés la hante. Une rage profonde s'enracine en elle. Qui a osé faire ça ? Ils n'avaient pas le droit d'utiliser son image, son identité. Et pourquoi elle ? Tout d'un coup, cette question lui paraît essentielle, vitale. Mais elle connaît la réponse. Parce qu'elle peut briser l'esprit de n'importe qui. Parce qu'on peut lui arracher le bras et le remplacer par n'importe quelle prothèse. Parce que son système nerveux, son cerveau peut s'adapter à n'importe quelle interface. Cyborg. Mais qui et dans quel but ? Il lui faut une réponse. Elle ignore les messages de Maev qui lui demande où elle est et ceux de Cassidi qui lui envoie un itinéraire de retour valable trente-six heures. À la place, elle contacte Charlise.

*J'ai besoin d'une identité. C'est dangereux.*

Risa se sent obligée de la prévenir. Mais l'avatar de Charlise, un nuage rose avec des yeux violets, exorbités, lui sourit.

*Je sais ce que je dois à l'Enclave, ce que je te dois.*

Une adresse lui revient au même moment. Cette dernière se trouve dans un parc à dormeurs du Synth, pas très loin de Risa.

*Merci.*

La salle de connexion est simple et accueillante. Charlise a loué une chambre privée. C'est une bulle rose et blanc, avec un grand lit de princesse à baldaquin, dans lequel la console est intégrée. Risa s'allonge sur le matelas moelleux. Ses vêtements laissent des traces grises sur les draps rose poudré. Elle se branche directement sur l'interface de Charlise. Celle-ci a le regard brumeux et endormi. Elle peine à se maintenir hors du monde virtuel dans lequel elle passe la plus grande partie de sa vie. Elle porte les mêmes vêtements que lors de la rave et Risa ne peut s'empêcher de s'inquiéter. La Charlise-nuage ressent sa peur et la rassure en tourbillonnant sur elle-même.

— Pas d'inquiétude, je n'oublie pas de sortir et de nourrir ce corps, la rassure-t-elle.

Risa acquiesce.

— Je te réveille en quittant ton esprit. Inutile de négocier, insiste Risa.

Elle laisse Charlise replonger dans sa transe et s'immerge dans la psyché de son hôte. Elle connaît bien la jeune femme, elle a plusieurs fois revêtu son enveloppe virtuelle pour naviguer dans le réseau. Son avatar crépite et glitche pour prendre la même forme que celui de Charlise. Risa-nuage part en chasse.

Avec l'aide d'Oni, elle fait le tour des informations récoltées dans le laboratoire d'Angiogénix. Mais elle ne trouve rien. Tout a été méticuleusement effacé. Ou presque. Après une recherche scrupuleuse, Risa déniche dans les serveurs de la ville un dossier d'affiliation officiel. Risa récupère la liste des employés et entame une longue recherche de chacun des cent dix-sept d'entre eux.

Les données qui lui reviennent ne lui plaisent pas. L'intégralité du personnel Angiogénix a disparu. Dans les six mois suivant le rachat du laboratoire, chaque employé, de l'agente d'entretien au chef de projet le plus haut gradé, a connu une fin tragique. Maladie. Accident. Balle perdue. Tous les dossiers ont été classés sans suite. Mais un nom revient dans la plupart des affaires et indemnisations des familles. NeTech. Risa ne parvient pas à retrouver la trace des pensionnaires. Après leur sortie du laboratoire, les enfants se sont évanouis dans la nature.

Elle sait ce que cela signifie. Quelque chose se noue dans sa poitrine, qui vient alimenter sa culpabilité.

Elle revient sur le container qu'elle a piraté. Ouvre le dossier de commit où sont enregistrées les actions de suppression des fichiers. Il lui faut un moment pour repérer le double commit. Celui-ci contient une série de chiffres qu'elle convertit en texte : un lien d'accès à un cliché. Risa s'arrête. Quelqu'un a organisé tout cela. On veut la mener quelque part. Mais qui ? Risa observe la photo. Longtemps. Puis elle active Oni, mais son logiciel pédale. Risa fronce les sourcils, son avatar nuage se contracte, agacé. Sur l'image, des chercheurs se tiennent debout devant une grande cuve transparente. Les visages sont trop pixélisés pour être reconnaissables. La frustration la gagne quand une voix effleure son esprit.

— Oh, je connais ce genre d'énigme, chuchote Charlise, lointaine. Essaie la stéganographie.

— La quoi ?

Oni lui fournit la réponse et la solution en même temps. Stéganographie : procédé d'espionnage archaïque consistant à dissimuler son message dans un médium de couverture, souvent des images. Oni modifie les saturations des pixels et, dans les ombres des visages, un mot se révèle. Céleste. Ainsi qu'une suite de chiffres et de lettres. Un lien raccourci.

*Céleste.* Ce nom fait écho à la liste des employés d'Angiogénix. Oni identifie qu'il s'agit de la seule survivante des équipes du laboratoire. Une neurologue qui s'est vue offrir un poste chez NeTech. Risa puise dans sa mémoire. La Dr Céleste était la chef d'équipe du projet S. Malgré ses efforts, elle ne parvient pas à convoquer un visage, seulement une voix douce et une odeur de café chaud.

Les messages de Maev continuent d'arriver avec insistance. Risa continue de les ignorer. Tout son esprit est tourné vers cette femme, Céleste, et ce qui se passe entre les murs de NeTech. Ses recherches ne donnent rien. NeTech existe, mais aucune donnée n'est disponible.

Risa concentre ses recherches sur la neurologue. Là aussi, le Net a été nettoyé. Une série de publications qui date de plusieurs années, plus rien de public depuis son incorporation aux équipes NeTech. Risa parcourt le site personnel de la médecin. Une photo la montre, en blouse blanche, avec un carré grisonnant et des cernes noirs derrière des lunettes à monture en écailles. Elle ne possède pas de prothèse visible, mais Risa sait que cela ne veut rien dire. Elle se rappelle la présence de la neurologue pendant ses tests cliniques, avec elle, sur le réseau.

Après plusieurs minutes à fouiller le code source du site internet à la recherche de données effacées, Risa suspend ses prospections. Quelque chose ne va pas. Elle sent qu'il y a un problème. Elle fait appel à Vor. Il faut plusieurs minutes à son logiciel d'effraction pour repérer l'étrange ligne de code. Un lien. Risa hésite. Quelqu'un s'est donné beaucoup de mal pour dissimuler quelque chose ici. Finalement, elle active le lien.

Un dossier est téléversé directement sur son interface personnelle. Toutes ses sécurités se dressent d'un coup, barrière infranchissable qui isole et décortique l'intrus sous toutes les coutures. Mais le dossier ne contient aucun virus, vers, cheval de Troie, killerbot ni quoi que ce soit. C'est un simple dossier d'archive. Chiffré. Risa ordonne à ses softs de décoder le cryptage, mais au bout de plusieurs minutes, ils n'y sont toujours pas parvenus. Ce qui est une première. Maev continue de la bombarder de messages. Risa les efface d'une pensée. Aucune clef de cryptage n'a jamais su résister à son IA. Agacée, Risa décide de s'en occuper elle-même. Lorsqu'elle se présente devant le dossier pour tenter de relancer son logiciel, celui-ci s'ouvre pour elle.

*Carte cérébrale authentifiée. Sujet 1 (Risa). Possession des droits en lecture du dossier Réseau SOMA – anciennement Projet S.*

*Téléchargement des rapports neuropsychologiques 1 à 347.*

*Téléchargement du dossier « EXTRACT HUANG ».*

**£[]^/kji9// eXtrAC7t hU4NG ¤~768-)**

**Note interne.**
**Journal de bord du Dr D. Huang.**

***Entrée 10155.***

La production de prothèses est lancée et opérationnelle. Mais nous n'arrivons pas à accéder au réseau. Les clones semblent avoir acquis une notion de privauté, ou peut-être s'agit-il simplement de l'évolution naturelle du réseau avec l'augmentation de leur nombre. Aujourd'hui, seuls deux de nos techniciens y parviennent encore. La procédure est très longue et fatigante pour eux d'un point de vue mental et énergétique. Cela paraît cependant logique puisque, si l'ensemble des sujets représente un seul réseau, comme le clame le Dr céleste, il les contient tous, tous les esprits. Cela fait beaucoup de données à capter et analyser pour un seul cerveau, humain, lui.

***Entrée 10157.***

Afin de constituer les clones, nous avons utilisé des cellules prélevées sur le sujet 1. Grâce à elles, nous avons pu recréer un corps complet (sans gamète), un SOMA : l'ensemble des cellules non reproductives d'un corps humain. Mais nos sujets n'ont pas d'esprit individuel, ils n'existent qu'à travers le réseau qu'ils forment entre eux. Leur plasticité cérébrale leur permet de penser comme une seule entité, de partager les expériences et d'être en permanence interfacés et en contact les uns avec les autres. Les expériences de l'un des sujets sont automatiquement répercutées sur l'ensemble des autres et leurs connaissances ne cessent de croître. La somme de leur non-personnalité et de leur cerveau crée une entité unique viable. Chaque clone est une cellule de ce gigantesque réseau en apprentissage permanent que nous essayons de créer. Et qui donnera une unité de combat ultra-performante, capable de pénétrer partout, autant dans le monde physique que numérique. Ils forment le SOMA du réseau.

***Entrée 10161.***

Nous ne nous attendions pas à cela, mais nous avions anticipé certains soucis. Nous avons introduit une commande prioritaire qui définit les objectifs des sujets. Cette commande ne peut pas être outrepassée sans les droits administrateurs du réseau, que seuls le Dr Céleste et moi-même possédons. Ainsi, les sujets continuent à attendre les ordres et à exécuter les missions.

***Entrée 10167.***

Nous avons pris la décision d'augmenter le nombre d'unités produites à chaque génération. Les unités défaillantes sont envoyées chez NeTech pour servir de cobayes à la fabrication de prothèses neurales augmentées.

# 10

Risa se tétanise, sonnée par ce qu'elle vient de lire. Son estomac vide se révulse malgré elle et elle est prise de haut-le-cœur incontrôlables. Lorsque la crise passe, Risa se laisse retomber sur le matelas. Elle sent Charlise, lointaine, essayer de la rassurer sans y parvenir. Sa terreur revient, plus forte.

Des clones. Des clones d'elle. Ils l'ont clonée.

Ils l'ont clonée pour faire des cobayes. Ils ont utilisé son corps comme un objet. Pour en faire une arme. Pour la première fois, Risa comprend que ses aptitudes naturelles auraient pu être utilisées pour répandre le bien, rendre les prothèses plus accessibles. Cassidi a dû y penser. À la place, ils ont fabriqué des choses sans âme et les ont découpées en morceaux, revendues à des prix exorbitants pour créer des soldats. Pour blesser d'autres personnes. L'image de Liz et de sa fille s'impose dans sa tête. Ce sont des gens comme elles qui souffrent.

*Par ma faute.*

Elle n'arrive plus à penser clairement tant cela lui paraît obscène. Elle se débranche sauvagement, ignore la douleur dans sa nuque et abandonne la pauvre Charlise à son addiction virtuelle. Elle doit sortir. Vite. Maintenant.

Une fois dehors, elle titube sur le trottoir déjà couvert d'immondices. Elle ne perçoit plus le monde autour d'elle. Les passants la bousculent et chacun d'eux possède son visage. La panique monte et se répand dans ses veines. Des alertes incessantes titillent sa vision périphérique. La nausée la submerge.

Quand elle se redresse, tremblante, une main sur la bouche, l'autre la regarde. Face à face, séparées par moins d'un mètre et pourtant à des années-lumière l'une de l'autre. Absolument semblables et incroyablement différentes. Risa la dévisage sans rien dire. Son esprit tourne à toute allure, mais la réalité est simple. Il y en a une autre. Une autre. Là. Devant elle. Avec son visage. Une autre qui n'est pas Risa, mais lui ressemble parfaitement. Une autre quoi ? Chose ? Personne ? Risa se perd dans les yeux de cette autre Risa qui l'observe, immobile. Que dire ? Que faire ? Toute parole lui semble incongrue. Elle craint qu'un geste de sa part ne la fasse disparaître. Ou pire, ne la fasse pas disparaître. Les deux Risa restent une poignée de secondes immobiles. Puis l'autre tourne légèrement la tête dans un mouvement familier. *C'est comme ça que je reçois les communications internes.* Cassidi lui a décrit ce geste des centaines de fois. Un geste dont elle n'a pas conscience, dont elle a toujours récusé l'existence. L'autre acquiesce d'un mouvement lent du visage, puis ses lèvres bougent. Très vite. Son corps s'anime à son tour. Le temps d'un battement de cils incrédule, elle a disparu.

Risa ne réfléchit pas. Elle se lance à sa poursuite. Ses épaules heurtent des objets ou des gens, elle n'en sait rien, elle s'en fiche. Elle court. Elle tourne à l'angle d'une rue, vide, personne. Pas de double. Personne.

Un appel entrant la force à sortir de sa transe choquée. La voix de Maev éclate dans ses oreilles.

— Par l'Enclave, Risa ! Pourquoi tu réponds pas ?

— Je…

Risa referme la bouche. Parler est impossible. Elle se remet à marcher, sans savoir ni où elle est, ni où ses pieds la mènent.

— Où es-tu ?! Tu as lu mes messages ?

— Quoi ? Je… Non, arrive à peine à balbutier Risa.

Elle cligne des yeux et se force à regarder son environnement. Elle voit les tours de Méchatédrale, pas très loin. Autour d'elle, les halos chatoyants du Synth ont laissé place au bidonville à ciel ouvert qui fait le tour du quartier et dans lequel se loge une grande partie de la population pauvre de Neolutetia. Des usines, des immeubles d'habitation en mauvais état. C'est là qu'une poignée de jours plus tôt, elle est venue récupérer la psyché brisée d'Oleg.

— Je suis dans la ceinture du Synth, dit-elle à Maev.

Un juron fleuri lui répond.

— Tu dois dégager, vite.

— Pourquoi ?

L'urgence dans la voix de Maev la remet en marche. Où aller ? Le Synth ou Méchatédrale ? Risa se décide au hasard pour la seconde solution. L'itinéraire de retour de Cassidi passe par ce quartier.

— Oleg est mort, annonce Maev d'une voix blanche. On a mis un contrat sur ta tête. Même si je n'arrive pas à comprendre pourquoi.

Risa fronce les sourcils en accélérant l'allure. Oleg. Un petit virus de quelques lignes à peine. *Ça fait déjà trois jours*.

— Moi, je sais, grince Risa en se mettant à courir.

— OK, alors trouve un endroit sûr. Fais-toi discrète et sors du réseau. Essaie de rentrer à la planque si tu le peux. Je vais voir sur quelles mauvaises pistes les mettre.

Risa n'a pas le temps de la remercier que Maev a déjà coupé la communication. Risa éteint son antenne vertébrale et disparaît comme si elle venait de se débrancher d'une console. Mais elle se doute qu'il est déjà trop tard.

Cela fait plus d'une heure que Maev essaie de la contacter et ses recherches, même si elle protège leur contenu, laissent des traces de son passage. Elle doit se cacher.

Alors qu'elle tourne au coin d'une rue, un silence pesant l'étreint. Elle ralentit l'allure. Pas de SDF en train de faire la manche, pas de corps imbibé d'alcool en train de cuver dans le caniveau, personne pour faire le tapin et aucun rabatteur pour un quelconque établissement de simurêve clandestin. La rue est vide. Le Synth n'est jamais vide. *Merde.* Risa ralentit encore jusqu'à marcher. Elle redirige discrètement son afflux nerveux vers son bras droit et rallume brièvement son antenne pour envoyer en crypté un message d'alerte à l'Enclave avec sa position. Un bruit de verre brisé sur sa gauche. Risa pivote et se retrouve face à Zacchary qui l'observe, adossé à un mur, l'air narquois.

— On a fait des bêtises, Risa la risette, lance-t-il. On est allée mettre son nez là où il ne fallait pas…

Risa ne répond pas. Elle écarte les jambes, les bras levés au niveau du menton, pour se mettre en position de combat. Le visage de Zacchary s'étire en un sourire torve, son œil droit est agité d'un tic nerveux. Il ne la lâche pas des yeux. Risa prend le pari dangereux de croire qu'il est venu seul. Parce que les hommes de son genre sont toujours persuadés qu'ils peuvent se la faire sans aide. Et parce qu'elle sait qu'il n'a pas de preuves. Il leur faudra des jours pour trouver cette unique ligne de code, et encore plus pour prouver que c'est elle qui l'a introduite là.

— Tu vois, reprend-il en se détachant du mur et en avançant vers elle, moi, je lui ai dit, à Endersen, que t'étais pas fiable. Ça se voit sur ta gueule, trop d'arrogance pour une femme. Mais il a insisté. J'ignore comment tu as fait, mais tu n'aurais pas dû trouver NeTech.

Une vague de colère enfle dans le ventre de Risa. Un dégoût profond pour le monde qui l'entoure et qui utilise les plus faibles au profit des plus forts. Oleg, qui bat sa gosse, vend ses photos sur le Net et s'en met plein les poches ; qui continuera de trouver du boulot alors que la mère de sa gamine est obligée de ramper pour nettoyer la merde des autres et de se faire passer dessus pour qu'Oleg ne les jette pas à la rue toutes les deux. Zacchary, qui protège Oleg et ses semblables à grands coups de cash, avec la bénédiction d'autres mecs pleins aux as comme Endersen. Des laboratoires financés par de l'argent sale, qui exploitent des orphelins que personne ne viendra réclamer, qui les saignent, qui les forcent à se blesser les uns les autres alors qu'ils pourraient s'allier pour s'en sortir. Des corporations, qui peuvent se permettre de faire disparaître des dizaines d'employés en toute impunité. Des gens qui se servent sur le corps et le cerveau des autres sans demander la permission. Risa a la haine. Elle défie Zacchary du regard et crache au sol.

Le mercenaire voit rouge. Il se jette en avant. Il est plus rapide que Risa l'imaginait. Elle repense à Oleg et à ses jambes renforcées. Pour déplacer une telle masse de muscles, Zacchary a dû bénéficier des mêmes améliorations. Elle esquive le premier uppercut, sa main gauche repousse le poing tendu de son adversaire et son coude droit s'enfonce dans son sternum. Il expulse d'un coup tout l'air de ses poumons, mais ne recule pas. Dents serrées, Zacchary lui attrape la cuisse et, d'un revers rageur, l'envoie valser au sol. Risa heurte le macadam avec un bruit sourd. Le goût du sang lui emplit la bouche. Elle crache une salive rosâtre en se relevant. Son adversaire est déjà sur elle. Trop rapide. Risa lève son bras droit juste à temps pour parer le coup. Le poing s'abat. Le métal grince et sa prothèse tient. Étonné, le mercenaire projette son deuxième bras, lui aussi renforcé. Le bras de Risa émet un grincement, mais ne cède pas face à ce nouvel assaut brutal.

— Salope.

Zacchary arme une nouvelle fois son bras et Risa en profite pour se dégager. Une cavité s'ouvre dans sa prothèse malmenée et libère ses deux scarabées. Les insectes décollent en vrombissant et foncent vers Zacchary. Risa se traîne contre le mur le plus proche. Une douleur lancinante lui transperce la cheville, elle a du mal à se tenir debout. Le géant se débat un instant en agitant les mains. L'un des coléoptères réussit à lui injecter une dose de poison. Cuvée spéciale Enclave. Il sort un pistolet de sous sa veste et, avec une précision inattendue, réussit à atteindre l'un des insectes. Alors qu'il attrape le second et le broie dans un concert grinçant, il pointe son arme vers Risa.

— Fini de jouer. Je t'ai déjà butée une fois, je serais ravi de recommencer. Surtout après ce que tu as fait à Oleg.

Risa se fige. Elle rejoue mentalement la vidéo de mise à mort de son double. L'évidence lui saute aux yeux quand son regard se pose sur la peau tatouée de têtes de mort de Zacchary. Sa rage atteint son paroxysme. Toute cette tension accumulée depuis des jours, des années. Une furie rouge, une rage noire, une peur infinie. Ses barrières cèdent d'un seul coup.

— C'est vrai, j'ai tué Oleg. J'ai même programmé sa mort à l'heure et au jour que je voulais. Et si tu m'assassines maintenant, tous mes virus dormants vont s'activer. Ils te trouveront et tu subiras le même sort que ton ami. Tu sais ce que ça fait de sentir ton sang circuler dans le mauvais sens ? Je vais te le dire : ça fait mal.

Un sourire glacial s'épanouit sur ses lèvres quand elle voit le doute et la peur le disputer à la rogne dans les yeux modifiés de son opposant. Cependant, malgré la colère qui palpite en elle, elle ne sait pas comment elle va s'en sortir. Zacchary s'avance, son arme toujours pointée sur elle. Il arme le chien. Risa relève le menton, prête à tenter le tout pour le tout. Elle le voit tressaillir. Déjà sa peau tourne au gris. Les poisons de Cassidi sont mortels.

La silhouette qui s'abat dans le dos de Zacchary est familière. Le géant bascule en avant et la balle se perd dans le mur, à vingt centimètres à peine du visage de Risa. Au milieu de la route, une autre Risa ceinture le fixeur et, d'un coup de pied, le force à lâcher son arme. Mais Zacchary réussit à attraper par la nuque cette nouvelle adversaire. D'un geste brusque, il la fait basculer par-dessus sa tête. La seconde Risa s'écroule au sol avec un cri. Le mercenaire marque un moment d'arrêt en apercevant son visage. Ses yeux passent de l'une à l'autre, sans comprendre. Sa face se congestionne de rage. Il balance un premier uppercut dans les côtes de sa proie. Les coups pleuvent. Elle encaisse. Risa regarde cette scène hallucinatoire, figée. Son instinct lui hurle de fuir. De laisser cette usurpatrice crever ici à sa place. Elle se relève et commence à boiter vers le bout de la rue. Son double se débat, sans parvenir à se défaire de l'étreinte de Zacchary.

Soudain, son visage se tourne vers Risa et ses yeux la transpercent. Du sang commence à apparaître à la commissure de ses lèvres, mais elle sourit.

Risa ressent comme une poussée sur son esprit. Une requête lui arrive, dans un cryptage qu'elle n'a jamais rencontré, mais qui s'ouvre pour elle. Pendant une fraction de seconde, elle ressent les attaques portées avec fureur par Zacchary, la douleur qui se fraie un chemin dans les neurotransmetteurs amputés, l'odeur du café chaud et amer et de la joie. Une joie pure et innocente.

Risa sent sa gorge se serrer. Zacchary frappe et frappe et frappe, aveuglé par la haine et l'incompréhension face à ce corps si modifié qui refuse de céder sous ses assauts. Sa force diminue, le venin corrode ses systèmes électroniques. Risa avance en titubant sur sa cheville brisée. L'autre ne la quitte pas des yeux, elle sourit toujours. Sa main, et avec elle des centaines d'autres mains, se referme sur le pistolet. La balle traverse la nuque du géant au moment où l'autre Risa perd conscience. La connexion s'interrompt.

Risa se laisse tomber au sol. La peur de mourir, la colère, le soulagement : tout se mélange dans sa tête, son corps, son cœur. Des larmes inondent son visage. Elle halète, elle ne sait pas quoi faire. Alors elle appelle la seule personne capable de réparer ce monde brisé. Elle appelle Cassidi.

^¨ggt#-[[[ 3xtR4cct HUAng u_dcvli$t=00°]

**Note interne.**
**Journal de bord du Dr D. Huang.**

Mon domaine d'expertise concerne la bio-ingénierie et la création de corps artificiels.

Les sujets grandissent en cuves aux paramètres contrôlés, cuves que j'ai conçues. Une croissance accélérée permet de les faire venir au monde, entiers, adultes, opérationnels. Croissance des tissus que j'ai conçue. Les corps sont ensuite modifiés et améliorés afin de leur permettre de mener à bien toute mission qui leur serait donnée, mais aussi de prolonger leur vie. Je suis responsable de ces modifications. Mon travail est une œuvre de science, de technique et de technologie. Quantifiable, maîtrisable, parfaite.

La question de l'intelligence s'est posée. Mon équipe a été retirée de cette partie essentielle du projet par le conseil, bien que nos connaissances en termes d'entraînement des intelligences artificielles ne soient plus à prouver. On nous a imposé une neuropsychologue. La Dr Céleste a mis au point un protocole basé sur des algorithmes émotionnels. Ses travaux antérieurs portaient sur les sources de psychose liées à la modification corporelle intense et elle a exprimé ses doutes sur la sanité des sujets nés dans des corps adultes.

J'ai lu ses publications. Elle a obtenu de bons résultats avec son système d'apprentissage mêlant des données directement injectées au sujet et des envois de souvenirs prélevés sur le réseau. L'objectif est de recréer une *persona* humaine, qui se comporte comme un humain, tout en intégrant directement dans l'esprit du sujet une série de commandes de sécurité. Pour cela, elle utilise un datapack issu de ses précédentes expériences. Elle utilise de manière contrôlée les souvenirs collectés par le sujet 1 lors du Projet S comme base d'apprentissage des clones. Cela fonctionne. Mais la psychologie n'est pas une science exacte. La neurologie si, même si les résultats sont moins quantifiables que l'ingénierie. Des algos basés sur des émotions ? Quelle arnaque. C'est ridicule. Les sujets ne sont même pas des êtres humains ! Ce sont des choses qui grandissent dans des cuves. Des choses sans nom et sans autre avenir que servir.

Je l'ai vue. Elle parle aux cuves. Elle parle aux corps pendant leur croissance.

# 11

Risa met du temps à émerger de son sommeil. Sa langue est pâteuse, une odeur de terre et de plante s'attarde dans sa bouche. Des souvenirs parcellaires dansent dans son esprit et sous ses paupières. Elle se souvient de la douleur, du visage de Zacchary déformé par la haine, des coups, d'avoir appelé à l'aide. Elle ouvre les yeux, mais tout est flou autour d'elle et une migraine lancinante lui cisaille le crâne. Risa a l'impression que tous ses os ont été broyés. Instinctivement, elle fait appel à ses IA pour établir un état des lieux et la localiser. Elle renvoie un appel à l'aide directement à Cassidi sur leur canal privé. Le retour est rapide et sans appel. Elle se trouve à l'Enclave. Elle est couverte d'ecchymoses, sa cheville droite est cassée et sa prothèse, endommagée à plus de 60 %.

— Ça aurait pu être pire, chuchote la voix de Cassidi dans son esprit, comme un écho à ses pensées. Risa, qu'est-ce qui s'est passé ?

Risa voudrait parler, mais son corps est une masse pesante qui la tire vers le sommeil. Elle devine que Cassidi l'a placée dans un caisson de soins, que les antalgiques l'empêchent de ressentir la douleur. Son cerveau a du mal à tourner. Le visage de son double flotte dans son esprit. A-t-elle réussi à la ramener ? Fallait-il la ramener ?

— Je ne peux pas… ouvrir les yeux, parvient à articuler Risa très doucement. Si fatiguée.

— Repose-toi.

La main de Cassidi se pose délicatement contre le verre du caisson. Risa se laisse sombrer.

Son second réveil est plus lucide. Cette fois, Risa reconnaît l'infirmerie. Un raclement de chaise, puis le visage plissé d'inquiétude de Mélo apparaît dans son champ de vision. Son regard s'éclaire quand elle constate que Risa est consciente.

— Tu nous as fait une sacrée frayeur. J'ai préféré ne pas amputer ta cheville pour la remplacer. Je me suis dit que tu ne voudrais pas qu'on prenne cette décision à ta place, et elle peut guérir naturellement. Ce sera juste un peu long. J'ai eu raison ?

Risa hoche la tête, soulagée. Elle n'avait pas imaginé devoir perdre encore un membre. Elle tente de soulever son bras droit, en vain.

— Tu as bien abîmé mon travail, grommelle Mélo en lui plaquant l'épaule contre le matelas, ne bouge pas, tu me gênes, sinon. Je suis en train de finir les réparations. Cela dit, tu me dois une fière chandelle. Parce que je suis une charcu de génie et parce que les alliages modifiés de Cass sont d'une résilience étonnante ; je ne peux pas dire combien de coups ça aurait encore pu absorber, mais ça aurait fini par céder. Tu aurais eu le bras arraché.

Risa déglutit, prenant la mesure de ses blessures. Mélo avait longtemps essayé de la convaincre de se doter de davantage de prothèses, mais elle s'y refusait, par peur de se perdre. Les marques sur son corps, les cicatrices, les tatouages lui rappelaient d'où elle venait et ce qui importait. Même ce qu'elle avait préféré oublier, elle en avait gardé la trace dissimulée dans sa chair. Ce refus de la modification était sa force, mais aussi une faiblesse.

— Merci Mélo, tu es vraiment la meilleure.

La chirurgienne hausse les épaules avant de reprendre ses réparations, le dos courbé sur le bras mécanique ouvert devant elle. Risa laisse passer un silence. Elle ausculte son corps. Ses épaules lui font mal, ses côtes aussi. Son vol plané lui revient en mémoire, et la douleur dans sa cheville se réveille. Elle sent à présent le plâtre qui l'immobilise. Un soupir lui échappe : elle ne pourra pas quitter l'Enclave avant un moment. Une fois qu'elle a fini d'inspecter ses blessures, elle doit se tourner vers une pensée qui bourdonne de manière insistante. Risa serre le poing gauche, ses doigts protestent. Elle se racle la gorge.

— Et la…

*La quoi ? L'autre Risa ? La chose ? Mon clone.*

Mélo s'interrompt. Risa peut voir son cou tendu et son hésitation.

— Elle est avec Cassidi. On la garde dans la serre. C'est un sujet très intéressant. Elle te ressemble parfaitement. Elle était très mal en point. Un coup de plus, et son corps était brisé au-delà du réparable. Tu lui as sauvé la vie, finit par lâcher Mélo sans la regarder.

— Vraiment ?

Mélo ne répond pas et Risa n'ajoute rien. Elle ne sait pas vraiment si son amie dit vrai. Ni pourquoi elle l'a fait. Les choses ont-elles une vie ? Elle ressent de la colère et de la jalousie à l'idée que cette autre qui porte son visage se trouve seule avec Cassidi, sa Cassidi. Puis le sourire de son double lui revient en mémoire. Une chose peut-elle exprimer tant de joie, de soulagement ? La tristesse la submerge. Mélo continue de souder, redresser et réparer son bras. Et Risa se met à pleurer doucement.

*

Appuyée sur sa béquille, Risa fait un pas dans la serre et s'arrête. Il y règne un calme surnaturel. Elle tend l'oreille, mais ne perçoit rien. Pas d'enfant, pas de cris, pas même le vrombissement des insectes mutants. Un apaisement rare enveloppe le jardin, comme si lui-même savait que le silence était de mise. Risa s'avance dans les allées qu'elle connaît par cœur. Au bout d'un moment, alors qu'elle n'est plus qu'à un tournant de l'atelier, elle entend la voix chaude de Cassidi. Elle parle avec quelqu'un que Risa ne connaît pas et son cœur se serre d'angoisse. Elle boitille en avant, trébuche et manque de s'étaler au sol. Une petite main la rattrape juste à temps.

Risa dévisage l'enfant qui lui sourit.

— Attention, tu vas te blesser.

La voix de la gamine est comme une brise d'été. Risa se redresse et il lui faut plusieurs secondes pour la reconnaître. Isbeth. Cette dernière ne lui lâche pas la main et l'entraîne jusqu'au repaire de Cassidi. Risa se rappelle sa figure terne et terrifiée, et s'émerveille de ce que quelques jours dans l'Enclave ont pu accomplir.

Installée dans son fauteuil, Cassidi la regarde avec soulagement. Face à elle, Liz tient une tasse de thé et lui adresse un sourire radieux. Trois doigts de métal brillant remplacent ceux qu'elle avait perdu. Risa reconnaît le travail de l'Enclave, sa raison d'être : aider les laissés-pour-compte, remettre un peu d'égalité et d'empathie dans le monde. Isbeth rejoint sa mère en courant.

— Je peux aller jouer avec les autres enfants ?

Liz jette un coup d'œil à Cassidi qui incline la tête. La mère se lève et saisit la main de sa fille.

— Oui, je t'accompagne. Merci Cassidi.

— Avec plaisir.

Liz s'arrête au niveau de Risa et prend sa main dans la sienne. Elle la serre un instant.

— Merci pour tout. Merci de nous avoir donné une autre chance. Et pardon.

Ses yeux balaient la jambe blessée de Risa, les ecchymoses qui fleurissent sur son visage et ses bras. Risa se contente de hocher la tête. Et va s'asseoir dans le fauteuil libre, près de Cassidi.

— Comment te sens-tu ? demande son amante.

— Où est-elle ? lance Risa en réponse.

Cassidi soupire. Elle porte une main à sa tempe et Risa sent la panique lui obstruer la gorge. Elle connaît bien ce geste inconscient, celui que fait Cassidi quand elle contacte quelqu'un sur le réseau interne.

— Tu l'as laissée se connecter sur l'Enclave.

— Elle est inoffensive.

— Inoffensive ? s'insurge Risa. C'est une créature bardée de tech. Qui sait quel virus ou killerprog elle contient ?

— Je ne lui ai fourni qu'un environnement restreint, et d'ailleurs, je n'ai accès à rien.

Risa peut lire sur son visage que Cassidi est perturbée et ces derniers mots lui coupent la parole.

— Comment ça, tu n'as accès à rien ?

— C'est comme si sa mémoire était vide. Mais ce n'est pas le cas. Elle est reliée à un autre réseau, en permanence, seulement je n'en trouve aucune trace sur le Net. Toutes ses données personnelles sont localisées là-bas. Je ne peux pas m'interfacer avec elle, et je n'arrive pas à pénétrer la sécurité de ce foutu réseau.

— Tu as essayé de t'interfacer avec elle !

Risa sent la jalousie flamber au creux de son ventre. Cassidi ne s'était jamais reliée à personne d'autre. Pas volontairement ou en dehors des cas d'extrême nécessité. Risa baisse la tête pour cacher sa peine.

— On dirait une coquille vide, dit Cassidi d'une voix triste. Sauf qu'elle est là et qu'elle parle. Je ne comprends pas comment c'est possible. Une IA ne devrait pas pouvoir se protéger de la sorte.

— Elle n'est pas qu'une IA ou une conscience artificielle évoluée. C'est un clone. C'est une cyborg, comme moi. Un corps vivant et une personnalité créés de toutes pièces. Je ne sais pas ce qu'elle est réellement.

Risa lui explique ce qu'elle a découvert. Comment ils ont dupliqué sa carte cérébrale, comment ils ont fabriqué des clones d'elle en série. Tout ce qu'elle a pu glaner dans les dossiers mis à disposition par Céleste. Plus elle raconte, plus Risa se rend compte qu'elle a de nouvelles questions. Pourquoi avoir gardé la neurologue ? Pourquoi celle-ci a-t-elle trahi ? Pourquoi lui a-t-elle laissé ces indices vers la vérité ? Comment savait-elle que Risa viendrait chercher des réponses ? Comment a-t-elle réussi à créer ces doubles ? Qui sont-elles ? Qu'est-ce que leur existence dit de Risa ? Cassidi écoute. Quand elle prend la parole, ses mots glacent le sang de Risa dans ses veines.

— Le mieux, c'est encore de lui demander, non ?

— Je…

Risa se tait. Elle a senti sa présence et, quelques secondes après, une silhouette familière s'extrait du feuillage touffu de la serre. Elle porte un T-shirt blanc qui laisse voir ses bras nus. Son biceps gauche est légèrement incurvé là où les coups de Zacchary ont froissé le métal. Des marques bleues et violettes fleurissent sur sa gorge et ses pommettes. Elle s'assoit sur un tabouret à roulettes. Ses yeux ne quittent pas Risa, qui ne sait pas quoi dire ni quoi ressentir. Un silence lourd plane entre les trois femmes.

— Merci, souffle alors l'autre.

Risa tremble. Elles ont exactement la même voix. C'est perturbant. Elle ouvre la bouche, la referme, hoche la tête.

— Cette situation est très étrange, remarque Cassidi en se redressant dans son fauteuil. Je pense qu'il faudrait commencer par savoir comment tu t'appelles.

L'autre se détourne de Risa pour fixer Cassidi. Elle réfléchit intensément.

— Je suis 902.

— Un numéro n'est pas un nom.

— Quand on s'est croisées à la rave, tu as dit un mot, lâche Risa, un peu abrupte.

— Ce n'était pas moi. C'était 831.

— Ce mot, que signifiait-il ? SOMA ? Je l'ai lu dans un rapport, continue Risa, de plus en plus troublée.

*Combien y en a-t-il ? Combien d'autres sont dehors avec mon visage ?*

L'autre marque une pause.

— SOMA, c'est nous.

— Vous ?

— L'ensemble des numéros.

Cassidi se tourne vers Risa, fronce les sourcils en signe d'incompréhension. Risa hausse les épaules.

— Va pour Soma, alors, en attendant de trouver mieux, acte Cassidi.

— Pourquoi tu m'as aidée ? demande Risa.

— Je ne sais pas. Vous avez aidé 831. Pourquoi ?

— Elle avait besoin d'aide..., commence Risa.

Puis elle se souvient que l'autre s'est débarrassée seule de son agresseur. Non, elle n'avait pas besoin d'elle.

— Vous me suiviez, pas vrai ? Plusieurs fois j'ai eu cette impression. C'était vous ?

— Nous voulions voir. Depuis 793, nous vous observons. Nous étions intriguées. Quand nous vous voyons, c'est... réconfortant. Comme le café.

— Le café ? répète cette fois Cassidi. Quel rapport avec le café ?

— Nous aimons le café. C'est le Dr Céleste qui nous y a fait goûter. C'est bon. Réconfortant.

Risa la regarde parler, échanger avec Cassidi et même sourire, et son malaise ne fait que croître. Oni lui confirme que ses expressions faciales sont à 100 % semblables aux siennes. Et elle le constate bien. C'est donc à cela qu'elle ressemble quand elle sourit ? Quand elle est gênée ? C'est trop. Risa se lève d'un bond. Sa cheville proteste, mais elle ne l'écoute pas et s'enfuit en boitant. Les appels de Cassidi ne suffisent pas à la retenir.

*

Risa sent l'avatar de Cassidi venir faire pression contre son esprit. Cela fait deux jours qu'elle s'est enfermée dans sa chambre et n'en sort pas. Seule Mélo réussit à lui faire ouvrir la porte, sous prétexte de vérifier sa blessure et pour lui apporter de quoi grignoter. Risa ne répond pas, mais elle ne se déconnecte pas non plus.

— J'ai fait quelques recherches à propos de ce Dr Céleste. De ce que j'ai compris, c'est elle la clef. C'est elle qui a fabriqué la personnalité des clones. Soma dit qu'elle peut nous mettre en contact. Mais que ça doit venir de toi. Apparemment, tu as les accès. Tu veux essayer ?

Risa ferme les yeux. « Soma dit que ». Entendre ces mots de la bouche, même virtuelle, de Cassidi la gêne. Qu'est-ce qu'elle veut ? Exterminer l'endroit qui crée des doubles d'elle. Ne plus voir ce pantin étrange qui l'imite, mais prononce des mots, fait des choses qu'elle ne ferait jamais. Elle l'espionne discrètement à travers les caméras de sécurité, blottie dans le secret de sa chambre. Elle a l'impression de voir un deepfake prendre sa place, sa vie. Risa observe ce double manger avec les autres. Elle la voit dormir et elle voit Mélo tenter de redresser son corps abîmé. Elle la voit jouer avec les enfants, comme si elle était une enfant elle-même ; la plupart du temps, elle ne comprend pas les règles. Elle passe beaucoup de temps dans la serre, à regarder les fleurs. Risa ne sait pas ce qu'elle ressent. De la colère et un peu de pitié aussi peut-être. Souvent de la colère, l'envie de la voir disparaître.

Oublier que son passé s'incarne dans ce double pour mieux lui revenir en plein visage. Parce que si leurs prénoms ont été effacés, Risa, elle, se souvient de chaque enfant exploité par Angiogénix.

Qui suis-je ?

Nous sommes une. SOMA.

Qui est SOMA ? Nous sommes une
et je suis moi.
Est-ce incompatible ?

Non. Nous sommes ensemble.
Une. Réconfort. Bien.

Oui. Je ressens le réconfort.
Être ensemble est bien, bon.
Je me souviens de comment c'était au
début. Quand j'étais seule. La douleur.
Puis le café. Le monde. SOMA.
Les autres sont comme nous ?

Non. Nous sommes unique.

Je voudrais savoir. D'où nous venons.
Comment peut-on être une et multiple ?

Nous sommes une. Une seule.

Il y en a une autre.
793 l'a vue, par hasard, dans la rue.

Le sujet 1.

Qui sommes-nous ?

Le sujet 1. Elle est nous.
Le sujet 1. Nous sommes elles.
Mais différentes. Chacune unique.

Mais identique.
La première. Originale. Sujet 1.
Elle est nous. Nous sommes elles.
Est-ce qu'elle aime le café ?
Est-ce qu'elle aime le soleil ?
Et les nuages gris ?

Comme nous ?
Nous ne la connaissons pas.

Elle existe vraiment ?
Où est-elle ?
J'aimerais la rencontrer.

Pourquoi ?

Pour savoir ce que cela
fait de n'être qu'une.
Aime-t-elle le café noir elle aussi ?
Est-ce qu'elle aime le bleu du ciel
elle aussi ?
J'aimerais la rencontrer.

J'aimerais la rencontrer.

SOMA

J'aimerais la rencontrer.

J'aimerais la rencontrer.

# 12

La porte s'ouvre et la silhouette rabougrie d'Abril s'introduit dans l'antre de Risa qui n'a même pas l'énergie de protester.

— Debout ! décrète la vieille femme en ouvrant la fenêtre et en arrachant la couverture de Risa.

— Eh ! proteste faiblement cette dernière.

— Ah, je savais bien que tu étais encore vivante. Maintenant, lève-toi et viens.

— Je…

— C'est pas une demande, gamine. Je veux te montrer quelque chose.

Risa lève les yeux au ciel et s'extirpe du lit en grognant.

La vieille femme l'entraîne dans les couloirs de l'Enclave. Risa la suit, inquiète et frustrée. Finalement, après une série de crochets étranges, Abril les fait déboucher sur une plateforme suspendue au-dessus de la serre. Risa se baisse pour éviter les poutres d'acier qui soutiennent la structure en verre. Au-dessus d'elle, le ciel gris est visible.

— Je parie que tu t'es jamais demandé comment on nettoyait les carreaux de cette satanée serre, hein ? grommelle Abril avec un sourire.

Risa lui rend une moue navrée. En effet, elle ne s'était jamais posé la question. En dessous d'elle, elle aperçoit Cassidi qui discute avec Mélo. Même vue d'aussi haut, elle est belle et gracieuse. Même clouée à son fauteuil, avec un corps de plus en plus faible et modifié, Cassidi rayonne comme un soleil au milieu des plantes. Les deux femmes restent un moment à observer le monde qui gravite autour de Cassidi. Jusqu'à ce que les cris des enfants se fassent entendre. Abril entraîne Risa un peu plus loin. Agenouillées dans la terre, sous les ordres de Sandra, Isbeth et Soma replantent des boutures. Risa doit retenir un mouvement de rejet. Elle fait mine de se détourner, mais la main d'Abril se referme sur son poignet.

— Regarde.

— Quoi ?

— Qu'est-ce que tu vois ?

— Je vois un clone !

— Alors regarde mieux.

Abril la retient. La poigne de la vieille femme est plus puissante qu'elle ne l'aurait imaginé. Et Risa aime beaucoup Abril, elle ne veut pas la blesser. Ravalant sa mauvaise humeur, elle se penche par-dessus la balustrade.

Elle observe son double, les mains pleines de terre, examiner avec perplexité la petite bouture que lui tend la fillette. Isbeth lui montre les bons gestes.

— Pourquoi on change de pot ? demande le clone.

— Pour qu'elle puisse grandir ! Et devenir de jolies fleurs.

— Comment les plantes font des fleurs ?

Isbeth répond à toutes ces questions ignorantes sans se moquer ni s'agacer. Risa admire sa patience.

— Alors qu'est-ce que tu vois ? répète Abril.

— Je vois quelqu'un qui me ressemble et fait des choses stupides. C'est un peu triste.

— Moi, je vois une enfant qui ne sait rien et qui a envie de comprendre, réplique la vieille femme. Je crois qu'on a tous été comme elle à un moment de notre vie, non ?

Risa continue de regarder son double. Elle contemple une adulte qui se comporte comme une gosse et cela la met mal à l'aise. Elle découvre une enfant qui arbore son visage et elle a honte. Oui, tous les enfants posent des questions bêtes, mais Soma n'est pas humaine. Ou l'est-elle ?

— Écoute Abril, je ne saisis pas où tu veux en venir.

— Tu es en colère parce que tu as l'impression qu'on t'a volé quelque chose, dit Abril en pointant le clone d'un doigt.

— Je suis en colère parce qu'on m'utilise pour faire des choses… que je ne voulais plus faire. Pour donner toujours plus à ceux qui ont déjà tout et laisser sur le carreau ceux qui n'ont rien ! Ces prothèses, cette avancée technologique qu'elles représentent, les gens normaux n'y auront jamais accès. Tu sais combien de personnes meurent chaque année d'infections, de chromes défaillants, ou par la faute de charcudocs peu scrupuleux ? Avec ce progrès, on pourrait les aider. Je n'ai pas choisi d'être une cyborg, merde ! Tu comprends ? Je refuse qu'on puisse blesser des gens à cause de ce que je suis. Mais elle, elle va exécuter les ordres sans se poser de questions. Parce qu'elle n'a même pas conscience que c'est mal !

Abril pose une main ridée et douce sur sa joue. Ses yeux débordent d'un amour infiniment mélancolique.

— Au fond, tu es en colère parce qu'elle te ressemble trop. Oui, elle est comme toi, c'est vrai, mais elle n'a pas eu le choix. Ce qu'elle est capable de faire, toi aussi tu le peux. Et je pense qu'elle saisit plus de choses que tu ne l'imagines. Alors qu'est-ce qu'elle ressent, elle, à ton avis ? Réfléchis-y.

Sur ces paroles, Abril la plante là et s'en va. Risa ne la retient pas. Ses paroles ont touché quelque chose en elle. Sous ses pieds, Soma découvre que sa couleur préférée est le rouge. Risa sent sa colère se muer en pitié et en tristesse. Elle écoute sa voix prononcer des mots depuis une autre bouche tout en ressassant les paroles de la vieille hackeuse. Soma se comporte comme une enfant. Une enfant capable de résister à un Zacchary et de cramer le cerveau de n'importe qui. Une enfant qui n'a pas le choix. De nouveaux visages d'enfants défilent dans l'esprit de Risa. Sa gorge la brûle de larmes contenues. Sa colère n'est pas tournée vers la bonne personne, mais cette Soma est la seule qu'elle ait à disposition. Il y a la neurologue et NeTech. La voix de Cassidi résonne dans son esprit. *Soma dit qu'elle peut nous mettre en contact.* Risa se lève. Sa colère doit trouver une autre victime.

Lorsqu'elle descend de son perchoir, elle manque percuter Isbeth qui court à en perdre haleine. Pendant une seconde, la fillette paraît déboussolée en la voyant, puis elle se précipite sur Risa.

— Tu es… non, elle s'est blessée ! Vite ! Vite !

La fillette la tire en avant et Risa la suit en boitillant. Sa cheville lui fait mal, mais l'exosquelette temporaire que lui a fixé Mélo l'aide à marcher. Isbeth l'entraîne dans le dédale végétal jusqu'à un recoin où sont étalés des pots et des truelles. L'un des outils coupants est planté dans le poignet de Soma. Assise par terre, elle observe sa blessure, d'où s'échappent un peu de sang et un liquide bleu clair.

— Tu peux l'aider ? supplie Isbeth, au bord des larmes. C'est ma faute, je ne voulais pas… j'ai pas fait exprès.

— Va chercher Mélo, je m'occupe d'elle en attendant.

La reconnaissance qui brille dans les yeux de la petite fille pourrait suffire à illuminer tout Neolutetia pendant trois jours. Elle s'enfuit en courant.

Risa se tourne vers son double. L'autre lève la tête et lui rend son regard. Risa est mal à l'aise. Elle se racle la gorge.

— Tu as mal ?

— Non, pas vraiment.

L'autre entreprend de tirer sur le manche de la lame. Du sang gicle. Risa se précipite et lui immobilise les mains. Sous ses doigts, la peau est douce et chaude.

— Arrête, tu vas empirer les choses. Mélo va te soigner.

— Soigner ? Pour quoi faire ?

Risa fronce les sourcils.

— Comment ça, pour quoi faire ? Tu ne veux pas être soignée ?

— Soigner, c'est comme réparer ? Nous n'avons pas vocation à être réparées.

L'autre a dit ça avec une désinvolture inquiétante. Le malaise de Risa s'intensifie.

— Que se passe-t-il si tu… si tu es blessée ?

— Je suis remplacée, répond Soma sur le ton de l'évidence. Si l'une de nous est défectueuse, elle est remplacée.

Risa sent le vertige la saisir. Elle n'est pas certaine de bien comprendre, mais une partie d'elle sait. Elle repense aux enfants dont on lui demandait de pénétrer l'esprit. Une fois qu'elle était entrée en eux de force trop souvent, que leur psyché était brisée, ils étaient remplacés, eux aussi. Au début, elle demandait ce qu'ils devenaient, tous ces corps vides qu'elle laissait derrière elle. La réponse était la même. *Ne t'inquiète pas, un autre a pris sa place.*

Abril a raison. Elle a quand même besoin d'être sûre.

— Que veut dire « remplacer » ?

— Ils nous recyclent. Nous sommes créées pour être utiles ; si nous ne sommes pas utiles, nous sommes une entrave pour la mission.

Risa serre les dents.

— Je suis contente de t'avoir rencontrée, avoue Soma. Nous voulions te voir, encore plus depuis que tu as aidé 831.

— Pourquoi ?

— J'en ai ressenti le besoin. Ta présence était réconfortante. Nous voulons comprendre qui nous sommes. Peut-être que tu peux nous aider, toi, l'originale.

Risa note qu'elle a commencé à la tutoyer. Mélo débarque à ce moment et les trouve, l'une face à l'autre, Risa debout, Soma au sol.

— Isbeth m'a dit que tu étais blessée, si tu as saccagé mon boulot, je...

Puis ses yeux se posent sur la lame qui sort du poignet du clone. Elle grommelle et s'agenouille près d'elle. En quelques mouvements rapides, elle extirpe l'outil et contient l'hémorragie. Elle aide la clone à se relever. Isbeth arrive, pantelante, le visage couvert de sueur.

— Isbeth, emmène Soma à l'infirmerie.

— Elle ne va pas mourir, hein ?

— Non, ce n'est rien, je vais lui changer le tube et recoudre la peau. Allez devant, je vous rejoins.

Soma tend la main à Isbeth qui la saisit, visiblement soulagée. Risa attend qu'elles soient suffisamment loin pour se tourner vers Mélo.

— Tu ne peux pas la guérir ?

— Si, bien sûr. Ce n'est qu'une petite blessure. C'est tout le reste qui m'inquiète.

Risa hausse un sourcil inquisiteur pour l'encourager à continuer.

— Tu dirais qu'elle a quel âge ?

Risa se fige. C'est une question étrange.

— Je ne sais pas, une vingtaine d'années ?

— D'allure, oui. J'ai lancé quelques tests lorsque tu l'as amenée. Elle a quinze semaines d'existence.

Risa lâche un juron.

— Elle n'en a plus pour très longtemps.

— De quoi tu parles ? demande Risa, la bouche soudain sèche.

— Mener des cellules souches à maturité aussi vite est extrêmement violent et coûteux pour le corps. Sans parler de toutes les modifications et des prothèses qu'on lui a mises pour mieux les lui arracher plus tard. C'est du très beau boulot de charcu, mais aussi bien lourd pour l'organisme. Ses cellules sont déjà en train de péricliter. Elle va mourir.

*Remplaçable.* Risa a l'impression d'avoir la tête pleine de vide. Elle a du mal à saisir les implications des paroles de Mélo tant cela lui paraît abject. Monstrueux. Des créatures différentes et jetables.

— Combien de temps lui reste-t-il ?

— Peut-être deux semaines. Elle est au courant, l'informe Mélo en s'éloignant.

Risa reste seule, sonnée.

# 13

Risa s'allonge dans un fauteuil semblable à celui de Cassidi. Cette dernière entremêle ses doigts aux siens et les presse avec amour, confiance. Risa lui est reconnaissante d'être là. L'autre, Soma, est assise au sol, adossée à l'établi. Ses yeux ne quittent pas Risa.

— Tu es sûre qu'on peut la contacter ?

Soma hoche la tête. Risa se tourne vers Cassidi.

— Ton avis ?

— Je n'ai rien pu faire pour entrer dans ce système. J'ai mobilisé toutes mes ressources réseau et mes connaissances. Ça n'a rien donné. Mais je ne vois pas pourquoi elle mentirait.

— Comment cela fonctionne ? demande Risa en se tournant vers son double.

— Je ne sais pas. Cela a toujours été ainsi. Le SOMA existe. Connecté. Permanent. Il est nous.

— Mon hypothèse, après avoir étudié les documents que tu m'as transmis, c'est une singularité cérébrale.

Elles partagent toutes le même schéma neuronal, elles forment une seule entité, une seule conscience. Chacune d'elles est une cellule d'un corps plus grand et elles se reconnaissent entre elles. Je pense que ceux qui les ont… ingéniées espéraient ce résultat, mais qu'ils ignorent comment cela fonctionne réellement.

Elle reprend après un blanc :

— Est-ce que tu sais vraiment pourquoi tu veux t'interfacer avec elle ?

— J'ai besoin de comprendre.

Cassidi acquiesce et presse un peu plus fort sa main. Risa se laisse aller dans le fauteuil.

La prise jaillit et la connecte en quelques millisecondes. À ses pieds, Soma se trémousse et se branche, elle aussi, à la console.

— Se connecter c'est entrer dans le SOMA, prévient la clone. Pour toi, rester sera définitif, je crois.

Risa inspire. Elle veut savoir.

Risa pénètre dans l'esprit de Soma.

Le monde se fracture.

Il n'y a pas un esprit, mais des centaines.

Risa a le vertige. Elle ne sait plus où donner de la tête. Elle lutte pour ne pas se laisser engloutir par le maelström d'informations, de sensations, de pensées, d'émotions. Tant d'émotions.

Des dizaines de voix discutent, échangent des données. Les avatars ont toutes les formes et aucune forme en même temps. Quand ils se rassemblent, se pressent les uns contre les autres, Risa a l'impression de voir se constituer les morceaux d'un avatar plus grand. Un avatar qui lui ressemble. Risa sent la main physique de Soma se poser sur son pied et sa voix résonner dans son esprit. *Écoute. Écoute-nous. Nous sommes heureuses de te rencontrer, la première d'entre nous.*

Risa cesse de lutter.

Elle n'a rien à craindre, car leur cerveau est le même que le sien.

Elle se fond dans cette masse si étrangère et familière à la fois.

Alors, elle perçoit.

Les corps, les peaux de chacune des unités qui forment cet ensemble. Et elle discerne les subtiles différences qui les séparent et les rendent uniques.

Alors, elle comprend.

Elles sont multiples, mais elles sont une. Une seule conscience qui grandit et grandit et grandit. Elle ressent l'absence de corps de toutes celles qui sont venues et sont passées, celles qui n'étaient plus utiles, qui étaient trop abîmées par les missions, jugées défaillantes, celles dont le corps est arrivé au bout de son temps. Le SOMA les garde en mémoire, en lui, et les unités continuent de vivre dans ce réseau qui n'appartient qu'à elles.

Soudain, un hurlement de douleur jaillit et se répercute en écho dans l'ensemble des esprits interconnectés. Le SOMA se tourne comme une seule conscience vers cette souffrance qui assaille l'une d'entre elles, qui les assaille toutes. Risa se laisse porter. Ses yeux s'ouvrent sur la vision d'une autre. Le réseau lui dit : *974 est en train de mourir.* Risa voit à travers ses yeux.

974 a servi de hackeuse à une troupe envoyée en mission de récupération de données en pleine zone de combat. Elle a repoussé les avances déplacées de l'une des mercenaires. Ils l'ont laissée derrière. Seule. Vulnérable. Les gangs l'ont trouvée, essaient de la démanteler vivante. Le réseau n'a entendu son appel à l'aide que trop tard. Risa se tend. Elle ne comprend pas. Humaines ou cyborgs ? Comment un code source peut-il être inséré dans leur esprit ? Si elles sont créées de toutes pièces et possèdent une personnalité standard, identique à celle d'une IA alors, elles ne sont que des produits, des machines très développées. Pourtant Risa surnage dans cette conscience étrange qu'elles partagent. La douleur de 974 l'empêche de réfléchir. Elle a été capturée et on la torture. Le code source va se déclencher. Son esprit se tend une dernière fois vers le réseau, vers toutes les autres Soma. L'esprit de 974 effleure celui de

Risa. Elle est heureuse de la rencontrer. Elle aime le sucre dans son café et le lever du soleil avant une mission. Risa voudrait dire quelque chose, mais avant qu'elle trouve ses mots, 974 hurle. Son corps explose. Autodestruction programmée en cas de compromission du sujet. Le réseau se replie sur lui-même. *Elle va revenir. Elle est sauvegardée dans le réseau. Elle fait partie de nous. Elle va revenir.*

Alors que la voix de 974 s'éteint doucement, celle de 1002 s'élève. Une mort et une naissance. Le SOMA grandit. La production de NeTech ne s'arrête jamais. 1002 pleure en silence. Défaillante. Envoyée à l'usine de démembrement. Elle ne verra jamais le monde de ses yeux. Risa tremble. Maintenant qu'elle est connectée au réseau, qu'elle en fait partie, elle sait tout ce qu'elles savent. Les prothèses ultraperfectionnées qu'elle a trouvées sur Oleg, sur Zacchary, installées sur le corps des clones, puis arrachées, prélevées, amputées, broyées, redistribuées au plus offrant. Mais alors pourquoi les avoir dotées d'une conscience ? Pourquoi ne pas en avoir fait de simples androïdes, de purs objets ? Elle a envie de hurler. Sa colère se mue en une détresse si intense que même Cassidi la perçoit, à l'extérieur du SOMA.

*Ils nous profanent.*

Cassidi l'enveloppe, enroule ses bras et ses jambes physiques autour de son corps recroquevillé, comme pour absorber sa douleur et sa rage. Risa frappe, mord, crache, griffe, expulse la haine et l'injustice qu'elle ressent jusque dans sa chair. La course à la performance a créé les clones et les a condamnées à une vie misérable de souffrance. SOMA aussi tente de l'apaiser. *Elle va revenir. Elle est sauvegardée dans le réseau. Elle fait partie de nous. Elle va revenir.*

Quand sa colère s'est un peu éteinte, que sa vision a cessé de rougeoyer, Risa se tourne virtuellement vers la voix qui est Soma, la Soma qui se trouve dans l'Enclave.

*Comment arrêter ça ?*

Le réseau se tourne vers elle. Des centaines de voix qui chuchotent à l'unisson.

*Cette action nécessite de posséder les droits administrateurs pour révoquer les ordres inscrits en dur. Que se passe-t-il si les ordres disparaissent ?*

Risa a envie de pleurer face à tant d'innocence. *Vous décidez de la manière dont vous vivez.*

*Alors, sans ordre, on peut continuer à vivre même si on est blessée ? Même si on est défaillante ?*

La gorge de Risa se serre douloureusement. Elle a longtemps cru qu'elle était défaillante, que ses capacités étaient monstrueuses. Cassidi lui a appris qu'elle avait le droit d'être, tout simplement, qui elle était. Que son passé ne la définissait pas. Risa sent sa présence, sa main lointaine contre la sienne. Soma se love contre Risa et ouvre son esprit en grand. Elle partage ses expériences récentes. Le jardinage. Les jeux avec les enfants. L'Enclave. Ses discussions avec Cassidi et Risa. *C'est bon, de vivre. Je crois que cela nous plairait.*

Le réseau regarde, apprend, absorbe.

*Vivre pour voir le monde ?*

*Mais les corps ne durent pas.*

*Le réseau perdure,* dit Risa. *Je perdure. L'Enclave peut vous accueillir.*

*L'Enclave est réconfortante.*

*On peut vivre ainsi, oui.*

*Voir le monde à travers l'originale. Oui.*

*Oui.*

*Oui.*

*Oui.*

Des dizaines de voix, identiques et différentes.

Aujourd'hui Risa comprend qu'elle peut faire plus. Elle peut sauver tous ceux qu'elle a abandonnés auparavant. Elle retient ses larmes. Sa colère s'efface, envolée, balayée par l'espoir et la joie simple et enfantine qu'elle entend dans ce simple mot répété à l'infini.

*Oui, je vais vous aider. Comment ?*

Le réseau s'illumine d'espoir.

L'ensemble du SOMA lui fournit un mot. Céleste. Et il se déverrouille pour elle.

Entièrement.

Un vertige secoue Risa face à la montagne de données, de mémoires, d'expériences. Sur la console, Cassidi, qui s'était tenue en retrait, lui débloque l'accès à toutes les ressources de stockage de son IA. Risa appelle Oni et Vor à la rescousse pour qu'ils l'aident à trier, fouiller dans les souvenirs, les expériences, les serveurs qui contiennent la mémoire partagée de toutes ces autres elles-mêmes. Elle envoie ses softs à la recherche d'informations. Et elle la trouve. La backdoor que Céleste a laissée dans le programme d'apprentissage des clones. Identique à celle qu'elle a découverte sur son site. Impossible à craquer pour qui ne serait pas le sujet 1. Une porte pour Risa.

Elle l'enfonce.

Les fichiers se déversent. Comme une marée.

Des dossiers, des rapports, des comptes rendus, des notes internes. Risa épluche tout avec l'aide d'Oni. Il lui faut peu de temps pour appréhender, prendre la mesure de ce projet, sa portée, ses conséquences. Mais aussi, ce que les responsables n'ont pas compris, pas anticipé, ce qui leur a échappé. Ils ont voulu créer des soldates parfaites, qui apprendraient continuellement des erreurs de leurs prédécesseuses, qui pourraient s'interfacer à tout, comme elle. Mais les clones ne sont pas aussi puissantes. Le réseau est fort, sans égaler l'originale. Alors ils ont essayé d'en créer plus, toujours plus pour le renforcer. Mais ça n'a pas suffi. Et quelque chose, à un moment, a déraillé. Les unités ont commencé à formuler des demandes, à poser des questions. Risa comprend que Céleste a introduit une variable inattendue dans cette mécanique. Elle leur a appris un élément inédit. Elle a bouleversé le protocole et une simple action, anodine, a enclenché une série d'événements imprévus. Les clones se sont mis à chercher Risa.

*Pourquoi ? Pourquoi a-t-elle fait ça ?*

Risa continue d'explorer et elle tombe sur un fichier texte, trivial, tout bête, avec un nom très commun. Readme.txt. Elle l'ouvre.

Dedans, elle découvre les plans d'accès du laboratoire NeTech, les mots de passe et les outils de sécurité. Elle trouve les pans techniques des pods d'évolution accélérée, ainsi que des instructions. Pour lever les droits d'accès, récrire les ordres primaires. Et une seule ligne.

*Pardonnez-moi.*

**Vidéo de l'entretien de sortie du sujet 758.**

Cet entretien a lieu dans l'ascenseur qui mène au toit de l'immeuble.

(D.C.) : Tout va bien, 758 ?

758 la regarde. Elle semble hésiter.

(758) : C'est comment dehors ? Le monde ?

(D.C.) : Que veux-tu dire ? Tu sais comment c'est dehors, le réseau est déjà sorti.

(758) : Oui, mais ça fait quoi d'être dehors pour vous ? Est-ce que c'est réconfortant ? Est-ce que c'est agréable ?

(D.C.) : Dehors, il pleut aujourd'hui.

(758) : Est-ce que c'est très différent de l'intérieur ? Nous savons ce qu'est la pluie, mais il n'y a pas de pluie à l'intérieur.

(D.C.) : Oui, on peut dire que c'est différent. Tu as peur de sortir ? De quitter la tour ?

Les sujets sont confinés à l'intérieur du laboratoire depuis leur naissance jusqu'au moment où on leur attribue une mission. C'est le premier sujet à me poser des questions sur l'extérieur.

(758) : Non, nous n'avons pas peur.

L'ascenseur arrive à destination. Le sujet s'avance et laisse la Dr Céleste passer devant elle. La porte du toit s'ouvre. La pluie leur fouette le visage. Au loin, on aperçoit un bout de ciel bleu. Le sujet 758 s'avance jusqu'à la rambarde de protection. Elle l'agrippe de ses mains.

(D.C.) : Tu connais ta mission ?

758 ne répond pas, mais hoche la tête. Le Dr Céleste s'avance jusqu'à elle. Le sujet 758 considère la ville sous ses pieds.

(D.C.) : Qu'est-ce que tu regardes ?

(758) : Le ciel, les nuages, les tours, la pollution, la lumière, le bruit, les odeurs, la fumée des usines, les gens qui marchent, qui mangent, qui dansent, le réseau, les oiseaux, les couleurs, la vie des autres gens. Il y a beaucoup de souvenirs du monde dans notre mémoire. Un monde qui a longtemps existé dans un seul bâtiment et dans la souffrance. Mais il y a aussi tout cela. Dehors.

Un blanc.

(758) : Merci docteur, sans vous, je n'aurais jamais su que le monde était aussi beau.

La vidéo prend fin sur le sourire de 758.

# 14

Il pleut, comme souvent, sur Neolutetia. À l'abri sous sa capuche, Risa regarde l'entrée du bâtiment qui lui fait face. Elle en a vu sortir des dizaines de clones et y revenir autant, mutilées, massacrées. Sa colère a enflé, enflé, enflé, comme un orage immense qui se prépare à éclater. Il lui a fallu longtemps pour se remettre de sa connexion avec le SOMA. Pour comprendre ses émotions et accepter qu'elle ferait toujours partie du réseau, elle aussi, à présent. Pour digérer, pleurer, transformer cette douleur en une colère froide et vengeresse. Cela fait des jours qu'elle guette et que les autres sont à l'œuvre. Depuis des semaines, l'Enclave lance des attaques sur les serveurs de NeTech.

L'Enclave dans sa totalité.

Chacune des femmes qui sont passées par l'Enclave. Charlise, Maev, Cassidi, Liz et même Isbeth, et toutes celles qui, un jour, ont reçu de l'aide et en ont donné. Elles ont répondu à l'appel de Risa. Un appel à l'aide. Pour sauver ses sœurs.

Debout devant l'entrée de service par laquelle les clones sont livrées, Risa centralise les avancées de chacune d'entre elles pour suivre le chaos qui se répand entre les murs du laboratoire. Rien n'est visible de l'extérieur, mais elle sait que derrière la façade, la panique est totale. Et ils ne peuvent rien faire. La menace vient de l'intérieur. Maev, Charlise et toutes les autres se battent avec férocité. Cassidi s'active depuis la serre pour briser les défenses physiques et virtuelles de NeTech. Et elles sont sur le point d'y arriver.

Risa effleure SOMA par la pensée.

*Vous êtes sûres que c'est ce que vous souhaitez ? Que tout est en place ?*

SOMA répond, et sa voix est sereine et douce.

*Oui, tout est prêt. Nous sommes là.*

Risa hoche la tête. Avec joie. Elle leur donnera ce qu'elles demandent avec un plaisir vengeur. Un bruit assourdissant éclate. Une fenêtre se brise et des flammes jaillissent par l'ouverture, viennent lécher la façade. Le verre des vitres commence à se gondoler.

Risa s'avance vers la porte qui s'ouvre. Elle entre. L'air est brûlant et épais comme de la mélasse. Des cris de terreur percent l'atmosphère. Mais toutes les issues sont condamnées. Les simples employés ont été évacués il y a longtemps par l'Enclave.

Il ne reste que des cadres, des scientifiques. Des responsables.

Et les clones.

Risa se connecte au réseau interne. Elle a tous les accès. Presque aussitôt, elle est contactée. L'appel vient de l'intérieur du bâtiment et elle sait de qui.

— Céleste.

— Risa, la salue la neurologue.

Sa voix est usée, terne.

— Merci d'être venue mettre fin à cette folie.

— Je ne fais pas cela pour vous, grince Risa. Vous êtes comme eux. Vous êtes coupable. Vous m'avez utilisée et vous n'avez créé que du malheur et de la souffrance. Je ne vous pardonnerai jamais.

— Je n'attends aucune clémence de votre part, répond Céleste après un silence.

Celle-ci lui transfère un fichier. Les droits d'accès au réseau. Risa tique. C'est trop facile. Elle veut se battre. Elle veut des réponses. Elle veut un exutoire à sa rage et Céleste ne semble pas prête à lui en donner un. Très bien, elle ira le chercher.

— Quel nouvel ordre allez-vous implémenter ? demande Céleste.

— Aucun. Aucun ordre ne devrait diriger la vie de personne, lâche Risa avec colère.

— C'est bien. Je crois que le SOMA est apte à vivre sans ordre maintenant, pour le temps qu'elles ont. Détruisez tout, qu'il n'en reste rien.

Risa ne répond pas. Elle ne compte rien laisser derrière elle. À l'aide des accès fournis par Céleste, elle pénètre le cœur du laboratoire et outrepasse tous les autres détenteurs de droits. Elle trouve le module d'apprentissage des clones. C'est un très beau code. Il crée une personnalité de base dans les corps issus de l'élevage en pod. Il les nourrit de souvenirs, d'images et de sons volés à tous ceux qu'on a livrés en pâture à Risa, adolescente. Elle sent les larmes couler sur ses joues, la culpabilité mordre profondément son cœur. Elle vient réparer ses torts. Elle vient, trop tard, mais elle vient quand même, demander pardon.

Risa supprime les conditions et les ordres natifs. Les clones peuvent faire ce qu'elles veulent. Risa les sent inonder le réseau du bâtiment. Elles prennent le contrôle de tout. Les serveurs et les banques de données sont formatés, supprimés, physiquement anéantis.

L'enfer se déchaîne. Les cris ne cessent plus. La tour tremble sur ses fondations. Les flammes rugissent. NeTech va s'effondrer en emportant ses secrets.

Risa se dirige vers la sortie. Son cœur se serre, car elle sait que la phase finale approche. Avant de quitter le laboratoire, elle se tourne mentalement vers Céleste, dont elle capte toujours la présence sur le réseau.

— Vous n'allez vraiment pas fuir ?

— Non, je n'en ai pas le droit, pas après tout ce que j'ai fait.

Risa acquiesce et ne peut retenir la question qui lui brûle les lèvres.

— Vous parlez des SOMA ou d'Angiogénix ? Parce que déjà à l'époque, vous étiez un monstre.

Céleste garde le silence si longtemps que Risa pense qu'elle est partie. Finalement sa voix résonne, basse, coupable.

— Je pensais que je pouvais changer le monde. Que le sacrifice de produits manufacturés, même d'apparence humaine, pour le plus grand nombre était acceptable. Que c'était un prix tolérable pour faire progresser la science et l'humanité.

— Mais les prothèses ne pourront jamais améliorer le monde si le système n'évolue pas, lâche Risa. On les utilise parce que l'on croit qu'elles vont nous rendre meilleurs, plus forts, plus résistants, qu'on vivra plus longtemps. C'est faux, et ça le restera tant que cette technologie ne sera pas accessible à tous de manière égale. C'est ce que nous essayons de faire à l'Enclave, mais ce n'est pas suffisant, nous sommes trop peu nombreuses à vouloir vraiment changer le monde. Et un sacrifice ne sera jamais une bonne base pour un tel changement.

— Je m'en rends compte à présent, murmure Céleste dans un souffle à peine audible.

— Pourquoi maintenant ? Pourquoi les clones et pas les enfants ?

— Parce qu'un jour, j'ai appris quelque chose de personnel à l'une d'elles. Le goût du café. Ça ne paraît rien, mais on ne m'a jamais rien appris à moi. Je me suis faite toute seule dans cet environnement qui déteste les femmes. Alors quand une autre m'a dit que le monde était beau, là où moi je ne voyais plus que du mensonge et de la souffrance, j'ai compris que j'avais accompli quelque chose de bien en brisant ce protocole que j'ai moi-même mis au point.

— Pourquoi l'avoir brisé ? Pourquoi avoir pris ce risque ?

— Parce que c'est le seul moyen que j'ai trouvé de les libérer eux aussi. Les enfants. J'ai pensé qu'avec une conscience, elles pourraient se sauver elles-mêmes. Moi, je n'en étais pas capable. NeTech est trop puissante.

Une tristesse immense tombe sur le cœur de Risa. Elle n'a pas oublié le visage des enfants d'Angiogénix.

Les clones restant dans le sous-sol du bâtiment activent un ordre de leur propre chef.

*Autodestruction programmée en cas de compromission du sujet lors de la mission.*

Risa sort de la tour juste avant que celle-ci ne s'effondre, engloutissant tous ceux que l'Enclave y a maintenus prisonniers et les derniers clones qui ont choisi de se sacrifier. Leur douleur est teintée d'une joie sauvage alors que leurs cœurs s'arrêtent de battre.

Risa contemple le désastre pendant quelques secondes et s'en va. Il est temps de rejoindre l'Enclave et de rentrer chez elle.

Dans sa tête, le réseau SOMA accueille ses sœurs disparues dans l'écroulement. Le SOMA tient. Risa le tient tout entier à l'intérieur d'elle. Elle sourit. Elle entend chacune des voix de ses sœurs dans sa tête.

Elle est centaines, fragments multiples.

Elle est complète.

« D'une main, elle tâtonne jusqu'à trouver le câble neural supplémentaire de la console. Elle se branche avec un frémissement qui la secoue des pieds à la tête. Son esprit s'ouvre et se fond à l'intérieur de celui de Cassidi. Risa accède à tout. »

C'est sur cette scène de Floriane Soulas que nous achevons d'imprimer en avril 2025 ce premier tirage de *Soma*, habités par la certitude que ce roman vaut bien des ciels étoilés.


*Composition et mise en pages*
*par Soft Office*

#lisez! engagé
www.lisez.com
Pour plus d'information :
Imprimé sur du papier issu de forêts gérées durablement.

Cet ouvrage a été achevé d'imprimer en avril 2025
dans les presses de Normandie Roto Impression s.a.s.
61250 Lonrai
Dépôt légal : mai 2025
N° d'édition : 68567/01 - N° d'impression : 2501899

*Imprimé en France*